ニーナ
クラリス
ACTER

ノア
フレン
CHAR

CONTENTS

雷帝と呼ばれた最強冒険者、魔術学院に入学して一切の遠慮なく無双する2

五月蒼

BRAVENOVEL
ブレイブ文庫

プロローグ

「アイリス様。外を見てみてください。緑ですよ」

黒髪ロングのストレートヘアをした女性は、柔らかい表情で隣に座る少女にそう声を掛ける。

淡い青色の髪、色素の薄い透明感のある肌。窓の外から差し込む日光がより一層少女の美しさを際立てている。

〝氷雪姫《レヴェルタリア》〟――この大陸の人間はみなこの少女のことをそう呼ぶ。

聖天信仰における、大陸を守護する五神。その一柱、雪のように白く美しい絶世の美女の姿をしていると言われている、氷雪の女神レヴェルタリア。その姿になぞらえ、皆彼女のことをそう呼んだ。

アイリスは、黒髪の女性の声に従うようにぼうっと馬車の外に視線を移す。少しして、深いため息と共に黒髪の女性のほうへと振り返る。

ぱっちりとした大きなエメラルド色の瞳に、長い睫毛。スラっとした鼻に小ぶりな薄ピンク色の唇。見つめられるだけで、同性でもドキッとしてしまうその美しさ。

――がしかし、やはりまだ幼い。いくら圧倒的な美しさを持っていても、妖艶さや色気というものはそう簡単に出るものではない。まだ十四歳になったばかりのアイリスには尚更だ。

成長しきっていない小柄で細い身体と、退屈そうで反抗期な目元。少しむくれて膨らませる頬。その顔は、絶世の美少女というよりは、愛らしい少女のそれである。

黒髪の女性、侍女のエル・ウェイレーは、アイリスのそこが何とも愛おしく、そんな彼女の本来の姿を見られることを誇りに思っており、彼女の世話をずっと続けてきた。

アイリスの実の父と母よりも……誰よりもアイリスに愛情を注いできたという自負があった。

アイリスは小鳥の鳴くような声で言う。

「……つまらないわ。私も海とか山とか、砂の海で遊びたかった」

「そうおっしゃらないでくださいよ、アイリス様。スカルディア王国の訪問だって立派なお仕事ですよ」

「だからじゃない。お仕事って……」

「でも、スカルディア王国での土産話や特産品を持って帰れば、またお友達にいいお話ができますよ」

「そんなの……」

アイリスの脳裏に、出立前の帝国での思い出が蘇る。

◇　◇　◇

「私たちはオルフェスに旅行行ってくるわ。お父様たちに好きなところ連れて行ってもらうんだ〜！　アイリス様は行けないのね、残念」

「私たちお家が凄くなくても楽しいものね」

「あ、そうだ！　安くてもいいからお揃いの物買いましょう！」

「いいね、楽しみ！」

きゃっきゃとはしゃぐ学友たちに、アイリスは拳を握りしめ、精一杯声を張り上げる。

「……わ、私だってスカルディア王国の王様に会いに行くんだから！　羨ましいでしょ……！

連れていってあげようと思ったけど一人で行ってくるんだから！」

一瞬学友たちの顔がぽかんと止まり、少しして一人の少女が声を発する。

「もちろんですよ。私たちが一緒なんて……。公務、頑張ってきてくださいね！」

「そうですよ、楽しんできてくださいね。それでさあ――」

「…………そう……」

アイリスは白い顔を少し赤くし、ぷいっと顔を背けて教室を後にする。

バタンと勢いよくドアの閉まった背後の教室では、クスクスと甲高い声が漏れ聞こえる。

(何よみんなして……私だってできるものなら……)

だが、アイリスはグッと込み上げてくる感情を抑え、自分に聞こえないふりをしてその場を離れる。

(私ってなんでこうなんだろう……)

◇　◇　◇

馬車の中に沈黙が流れる。

少し地雷を踏んでしまったかと、侍女のエルは大人しく沈黙を受け入れる。

スカルディア王国北部。リーフィエ山脈を越えた先にある帝国、カーディス帝国。

スカルディア王国とカーディス帝国は同盟国で、とても良好な関係を長い間続けてきた。

二年に一度、王が交互にお互いの国を訪問し、これまでの感謝と、これからも末永く続いていくであろう同盟関係を再確認するため三日間の会談が開催される。今年はカーディス帝国の現皇帝、リヴェール・ラグザールがスカルディア王国を訪問することになっていた。

その訪問に、第三皇女であり、そして〝氷雪姫《レヴェルタリア》〟と呼ばれるアイリス・ラグザールも同行しているのだ。

だがそれは、家族だからというわけではない。全員が全員連れてこられるわけではないのだ。

帝位はほぼ確実に第一皇子のシャリオが継ぐことが決まっており、兄弟姉妹もそのことに異論を唱える者はいない。シャリオは良く出来た息子で、まるでリヴェールの生き写しのようだった。今回の訪問は、シャリオのお披露目の意味も込められている。

ではなぜ、アイリスも連れられているのか。至極単純である。

彼女は美しい人形なのだ。

外交の道具であり、お飾りで、体のいい置物。それが彼女の存在意義だと、誰よりもアイリス本人が理解していた。

　アイリスは自分の可愛さや異性を惹き付ける魅力も良く理解しているし、すれ違う男たちも皆自分を見ると釘付けになっているのを良くわかっている。少し話せばすぐに恋に落ち、婚約を申し込んでくる。そんな女の子なら夢のような話でも、アイリスはそんなものあっても意味はないと常日頃から思っていた。

「お父様は何日間この国にいるの」

「三日の予定です」

「こんなに護衛の騎士を引き連れて……そこまでして来ること？」

「両国の友好の印を見せる行事ですからね。仕方ないのです。一昨年もスカルディアの国王陛下が来ましたでしょ？」

「……そこに私必要？」

「必要ですよ。自分でおわかりでしょ？」

　アイリスはもう一度深いため息をつき、小さく「わかってるわよ」と呟く。

「そういえば、知っていますか？　この時期は王都はお祭り騒ぎだとか」

「関係ないじゃない私には」

「でも、祝い事の雰囲気は見ているだけで気持ちが晴れやかになるものですよ」

「見てるだけなんて余計惨めじゃない。どうせ外に出たいって言ってもお父様が許すわけないわ」

「……そうですね。余計なことを言ってしまい申し訳ありません」

アイリスは靴を脱ぎ、座席の上に足を乗せると、体育座りで膝に顔を埋める。

傍らに置いた奇妙なぬいぐるみの頭を撫で、そのままぼーっと外を眺め長閑な景色に視線を流す。

「つまんないなあ……」

「お城では私と一緒に遊びましょう。きっと楽しいですよ」

「エルとばかりもう飽きたのよ」

「そんなあ……私も退屈なのですよ」

「知らないわよそんなの。あなたも仕事でしょ」

「言い返されてしまいましたね。……まあ三日の辛抱です。にこやかにしていればすぐに終わりますよ」

「はぁ……」

馬車はガタゴトと車体を揺らし、道を進む。

遠目からでもわかるほどの大所帯。

そして掲げられる鷲の紋様の描かれた青く威厳のある国旗が、風にはためく。

一行は、スカルディア王国、王都ラダムスを目指す。

一章　隣国の皇女

「丁寧に丁寧に…………うふふふ、そうそう。マンドレイクは慎重に扱ってね。死んでから後悔したんじゃ遅いわよ～」

優しそうな見た目をした高齢の女性は、俺たちの手捌きを眺めながらこれまたおっとりした声で言う。あまりに穏やかな語り口調なものだから、俺たちは物騒な言葉をすんなりと耳に入れ、違和感を覚えず聞き流す。――がしかし、それについて騒ぐ男が隣に一人。

「……おいおい、今聞いたか？」

「何が」

「今死ぬって言ったぞ？　俺の聞き間違いか？　すげえ物騒なこと言わなかったか？」

「言ったな」

「言ったな。じゃねえよ、正気か!?　普通死ぬなんて言葉あんなおっとり言う!?　もう少し鬼気迫る感じで言ってくれねえとうっかり死んじまうよ！」

紺色の髪を後ろで縛った長身の男、アーサーは小声でそう俺に話しかける。その目には、驚愕の色が感じられる。

「うっかりで死ぬなよ……マンドレイクで死ぬとか今時はやらねえぞ」

「だからもっと鬼気迫る感じで注意してくれって話だよ」

「つっても、実際毎年のマンドレイクによる死者は意外と多いからなあ。二桁はいるらしいぜ」

「こんな野菜みたいなので死ぬという事実が怖えよ……。――うっ、今マンドレイクと目が合った気がする……」

アーサーは嫌そうな顔でツンツンと採れたてのマンドレイクを突く。

「ノ、ノアはあれか？　ローウッドでマンドレイクに触れ慣れてるのか？」

「いや、そうでもねえよ。これは錬金術師が使うことが多いしな。俺は専門外だ」

すると、俺の隣に立ち作業する赤い髪をハーフアップでまとめた少女、ニーナ・フォン・レイモンドが、何か思うところがあるように「錬金術……」とつぶやく。

ニーナと錬金術は遠からずも近からず。懇意にしていた先輩が専門としていたものだ。いつも彼女の手からはこのマンドレイクの香りが漂っていた。

結局、彼女の目的はニーナの殺害で、それをニーナ自身は知らないのだが、今さらそれを言う必要もない。先輩がいなくなって寂しそうな顔をしているがそのうち時間が解決してくれるだろう。

「……どうだ、ニーナ」

「――え？　あぁ、マンドレイク。本で見たことはあるけど……やっぱりなんかちょっと気持ち悪いね」

そう言い、ニーナはべっと舌を出す。

「はは、わかるわかる」

　すると、薬草学の先生はこれまた穏やかな声で続きを話す。

「皆さんご存じの通り、マンドレイクは抜いた瞬間叫び声をあげるわ。その叫びを聞いた人は死んじゃうの。じゃあどうやって採るか。……昔の人は犬に紐をくくりつけて引っこ抜いたと言うけれど……あらやだ、私は昔の人じゃないわよ？　私よりもっともっと昔のことよ」

　と、誰も気にしていないことについて、先生は否定しながらうふふと笑う。

　それを聞いて笑う者は誰もいない。何となく笑うとキレそうな雰囲気があるのだ。穏やかなのに。

「――でも、現代はもっと簡単でね。昔は魔術も発達してなかったから、叫ぶまでの間にマンドレイクを絞めることができなかったのよ。そこで今日は、魔術を使ったマンドレイクの採り方を学びましょう。さっきあなたたちが触っていた採れたてのマンドレイクみたいに綺麗に採りましょうね」

◇　◇　◇

　本校舎廊下――。

　窓の外では体術の訓練を行なっている他のクラスの生徒たちが見える。

　俺たちは波乱の薬草学をなんとか死人ゼロで乗りきり（当然の如く数名の気絶者は出た）、

次の授業へと向け教室を移動していた。

　この生活にもだいぶ慣れてきたものだ。

　冒険者の頃はとにかくいろんなものがせわしなかったし、汚かった。物も雑に扱っていたし、任務掛け持ちで寝る間もないこともしばしば。任務が終わればさっさと帰り、次の任務に向けて準備して……しかし、この学院は長閑なものだった。

　治安も悪くないし、自主性を重んじるとは言っても最低限のルールはしっかりとあり、余計ないざこざも自警団の連中があくせく働いて取り締まってる。

　入学して一ヶ月、やっと俺たちは学院での普段のペースというやつを掴み自分の研鑽に時間を当てられるくらいには慣れてきたのだ。

　でもまだ校内は広く、足の踏み入れたことのない場所が数多くある。魔術で隠された扉も何個か見つけはしたが、何に使われているのか、何があるのかはわからない。地下施設の結界も気になる……が、まあいずれ知る時が来るのだろう。

　あのリムバでの演習は、俺たちのパーティは全体で六位に食い込んだ。

　俺がキマイラと戦い、アーサーたちが先生を呼びに行っている間にクラリス級の魔術師たちにより差を縮められた結果、最終的にその順位に落ち着いたのだった。セオ・ホロウ曰く、最初のペースだったら一位だったらしい。まあこればっかりは仕方がない。

　とは言え、六位は十分に良い成績だ。俺としては満足いっている。一位じゃなかったのは残念だが、今回の目標として考えていたアーサーとニーナの成長は上手く促せたし、結果オーライだ。本番は歓迎祭だしな。

「――――あれだよ……」

「まじ？　平民だろ？」

「知らねえよ、聞いたんだよ」

「あれがねえ……ノア・アクライト……」

後ろから、ヒソヒソと声が聞こえてくる。

また始まった。

「ここそこまぁ、本当人気者になったなあノアさんよう」

アーサーは俺の肩に腕を回すと弄るようににやけ面をする。

「ノア君は元々凄いし、人助けできる人間だからね!!　有名になるのは当然だよ。やっと皆もわかってきたんだね」

「そんな好意的な感じでもねえけどなあ。ノアも歩くたびに色んなところから視線を感じるのはうざいだろ？　そんな経験ねえだろうし」

「あー……」

それがあるんだよなあ。ヴァンだった頃は、楽だったから雷の転移で各地を移動していたせいで雷鳴と共に現れる〝雷帝〟として広く知れ渡ってしまっていた。だから、俺がギルド支部に入ると大抵の冒険者は聞き耳を立てて俺の様子を窺っていたものだった。だが、その気持ちもわからなくはない。クエストというのは連鎖的に起こるものだ。

例えば、オークの一団の出現により、生息域が人里に追いやられたモンスターの集団が商人を襲っていた場合、大抵低ランクの任務として商人の護衛が発注される。一方で、諸悪の根源であるオークは討伐難度も高めで、その土地の所有者や近隣の村が金を集めて発注する高ランクの任務になる。

つまり、もし俺が小さな依頼の諸悪の根源とも言うべき大元の依頼をこなしてしまえば、そういうので稼いでいるCやB級の連中は職にあぶれてしまうということだ。

実際に、俺がオークの一団を壊滅させた時、商会の護衛任務についていた連中からクレームが入ったことがある。オークから逃げて街の近くで商人を襲っていたモンスターたちが、オークが消えて戻っちまったせいで商売あがったりじゃねえか！　と。

結果として全員が安心して暮らせる最善策だったってのに。ま、彼らは日銭さえ稼げればいい、底辺の冒険者というわけだ。

とにかく、そういうわけで俺は羨望の眼差しも嫉妬の眼差しも、そして怒りの眼差しも受け慣れているのだ。

「だがそれは、強者の務めだよなあ、新入生！！！」

大きな声が、廊下に響き渡る。

その場にいた全員が、一斉にそちらに振り返る。

「げっ」

俺は思わず苦い顔で言葉を漏らす。

アーサーは目を見開き叫ぶ。

「ドマ先輩……!!」

すると、隣の女性——ナタリアさんが、腕を組み俺たちの前に立ちはだかるドマにツッコミを入れる。

「あなたが向けられているのは奇異の眼差しでしょ…………いつも騒ぎ過ぎ」

「知るか！　……それより、聞いたぞ新入生！　ノア・アクライト!!　どうやら大層な活躍だったようだな」

ドマはニヤリと口角を上げ、嬉しそうにしながら腕を組む。

「はあ、まあ……噂になるくらいには」

「相変わらずなんだその反応は。もっと喜べ、そして涙しろ！　この俺の耳まで届くとは余程だぞ。……まあいい！　これで舞台は整った!!」

「何がっすか？」

俺の言葉に、ドマはビシっと指を一本立てる。

「歓迎祭……貴様は優勝しろ！　そしてこの俺と正式な場で死ぬまで殴り合おう!!」

殴り合おうというのが明らかにこいつの性格を表している。なんと暑苦しい……。

「いよいよ公式の場で貴様との戦いが実現すると思うと俺は感動で夜も眠れん。貴様を見出したのはこの学院では俺が最初だからな!!」

「……ドマ」

ふと、後ろのナタリアさんがドマに声を掛ける。

「なんだナタリア。また水を差す気か？　いい加減よしてくれ」

「……いや、とっても言いにくいんだけど、歓迎祭で一年生と戦えるのは二年生よ」

「………………」

ドマはゆっくりと後ろを振り返り、不思議そうに小首を傾げる。

それに合わせるように、ナタリアは頷く。

「……………ふぅ。ノアよ。どうやら天は俺たちの戦いを余程恐れていると見える」

「飛躍しすぎじゃないっすかね」

「そうだな、飛躍の時かもしれん。猶予を与えてくださったのだ、寛大に受け取ろうじゃないか」

だめだ話が噛み合ってない。相変わらず嵐のように自由な人だ。

「ともかくッ!!　貴様はすでに注目の的だ！　その一挙手一投足に皆の期待と憎悪が集まると思え。そして俺と戦うその時までしっかりとその魔術を磨き上げろ！　いいな!!」

そう言い、ドマは高笑いしながら俺の答えを待つこともなく去っていった。

「言うだけ言って去っていきやがったあの男」

「あ、相変わらず強烈な人だね……。でもノア君のことはちゃんと認めてくれてるみたいだね」

「良いんだか悪いんだか……余計なのにばっかり絡まれんだから俺は」

すると、ドマがいる時は静かにしていた一年生が再び小声で話し出す。

「ドマさんに認められてる風だったけど……」

「どうせ嘘を語ってるんでしょ。ひどいわ」

「あぁ!?」

とアーサーがそいつらを睨みつける。すると、二人はそそくさとその場を離れていく。

「ったく、一発言ってやったほうがいいぜ？　ああいうのから根も葉もない噂が広まるもんだ。あいつらBクラスだろ？　特に変な情報だけ出回ってそうだからな」

「別に俺は気にしてねぇよ。どうせ歓迎祭で全部わかるんだ、放っておけよ」

するとアーサーはふっと笑い両手を上げる。

「へいへい。さすが最強は違いますねぇ」

◇　◇　◇

夜、寮の休憩室で俺とアーサー、ニーナ、クラリスは集まり雑談を繰り広げていた。

「でよ、とにかく美少女なのよ!!」

興奮気味にアーサーは俺に熱弁する。

どうやらとある女のことでアーサーは盛り上がっているようだった。どこで聞きかじったか、アーサーはよく知らない情報を仕入れてくる。ある意味情報通というべきなんだろうが、実際まともな情報が俺にもたらされたことはない。残念ながら。

「はいはい、あんたはどうせどの女の子にもそう言ってるんでしょ」

クラリスは冷めた目でヒラヒラと手を仰ぎ、アーサーを適当にいなす。

ニーナと同じ部屋のクラリスも、いつの間にか俺たちと一緒に行動するようになっていた。意外と律儀というか、二人の前では俺がヴァンの弟子（実際はヴァン本人だが）ということは隠してくれているようだった。

「えー、アーサー君はそんなことないと思うけど？」

ニーナがきょとんと純粋な目でクラリスを見る。

「何言ってるのよニーナ……あんたは純真すぎ。こいつのあんたを見る目、なかなかやばいわよ」

「え……」

ニーナとアーサーの目が合う。

すると、少しニーナは嫌そうに体をくねらせる。

「んなわけねえだろうが!!　やめてクラリスちゃん！　ニーナちゃんをそんな風に見たことはねえ！」

「はん、どうだか……。あんたのいやらしい視線は私は良く感じているのよ」

「いやだってお前の場合はその身体が………」

と、そこまで言ってアーサーは言い淀む。これ以上言っては余計話がややこしくなると理解したようだ。俺もそれが正解だと思う。それ以上はやばい。

しかし、いい加減本題に戻らないことに俺は嫌気がさし、話を強引に戻す。

「んで、その〝氷雪姫《レヴェルタリア》〟ってのがどうしたって？　レヴェルタリアって確か聖天信仰の氷雪の女神の名前だろ？」

「そうそう。氷雪の女神と言えば絶世の美女として有名だろ？　雪と美の化身！　その女神の名前を付けられるほどの美少女だぜ!?　しかもお淑やかで気品がある皇女様ときた！　一度でいいから見てみたいと思わねえか？」

と、アーサーは目を輝かせて言う。

「いや、そうかあ？　別に俺は特に興味ねえな」

「嘘つけよ～ノア。まったく」

そう言ってアーサーは俺の肩に腕を回す。

「紳士ぶりてえのもわかるが、男なら誰でも興味ある話題だろ!?　そういう欲がないなんて絶対嘘だね」

「はあ？　いやそりゃ可愛い子に興味はなくはねえが、ニーナもクラリスも普通に可愛いしそいつもどうせそんなに大差ないだろ。見慣れてるって」

と、俺の言葉に一瞬空気がシーンと静まり返る。

「……あれ？」

――俺変なこと言ったか？

俺の発言に、ニーナとクラリスは僅かに顔を赤くする。

「なななな何言ってるのよ!!」

「そ、そうだよノア君！　言っていい冗談と悪い冗談があってね……!!」

「いや、事実を言うのは問題ねえだろ…………いやまあ嫌なら謝るけど……」

「いやその別に嫌というわけでは……」

ニーナはもじもじと両頬を手で押さえる。

「べ、別に……私は自分の可愛さは元からわかっていたし!?　あ、あんたにそう思われてようと別にどうってことなひわよ！」

「何か噛んでるぞ」

「うるさい！」

「何なんだよまったく……。で、そいつがどうしたって？」

「いや、よくこの状況で話し戻せたなお前……逆に尊敬するぞ。……まあいいや。で、そろそろカーディスとの和平の記念日だろ？　それで今年は向こうから皇帝がやって来んのよ」

そうだ、言われて思い出した。確か一昨年、俺は冒険者としての任務でこの国の王様を帝国まで護衛したことがあった。

もっともその頃はA級になりたてで、俺は遠距離から様子を見る係だったからそこまでがっつりとした護衛任務ではなかったが。あれは船に乗ったりなんだりで、結構楽しかった記憶がある。

それが今回は皇帝陛下様がこちらにいらっしゃるわけだ。騎士も冒険者も忙しそうだな。

「んで、そこにレヴェルタリアこと、アイリス様が来てるって噂よ！」

「へえ、わざわざねえ」

美少女と噂の娘を引き連れて訪問か。そのアイリスとかいう少女には同情するぜ。めんどくせえ王族の接待やら公務やらで作り笑顔を浮かべてんだろうなあ。

「でも、来ててもどうせ城から出てこねえだろ。見れねえじゃねえか」

「そうだけどよ……今同じ国の上にいるんだぜ!?　もしかしたら一目見れるかもしれねえじゃねえか！　男なら……男なら一度は見たい!!　絶世の美少女を！」

とアーサーは力強く拳を握る。

すると、混乱状態から復帰したクラリスが鼻で笑う。

「はん、ほんと男ってくだらない。私たちがいるんだからいいでしょ。Aクラスの美少女ツートップよ。ノアもほら……認めたことだし」

「……………はぁ。わかってねえな……」

「何がよ」

「女神様だぜ？　格が違えよ。烏滸《おこ》がましいにも程がある。謝っとけよ今のうちに」

「あんたねえ……!!」

そう言ってクラリスは立ち上がり、腰に下ろした剣を引き抜く。

「ちょ、待て待て待て！！！　それはおかしいだろ!!」

「うるさい!!」

「怖い！　この子怖い！　そういうタイプ!?」

「ムカつくのよあんたは!!」

「暴力反対！　つーか剣は反則だろ！」

そう言って、二人はバタバタと走りながら談話室を出ていく。

残されたのは、俺とニーナの二人。

「つたく、ゆったりするってことができねえ奴らだな」

俺はカップに入れた飲み物を啜る。

「ふふ、でも静かよりは楽しいよね」

「……まぁ、そこそこな」

「ねえ、その和平記念の会談の時って王都もすごいお祭り騒ぎなんだよ？　知ってた？」

「へえ、そうなのか知らなかった。俺王都にほとんど来たことなかったからな」

「そうそう。だから――」

ニーナは立ち上がるとずいずいと俺のほうににじり寄る。

「ど、どうした？」

「王都の案内……の約束！　私に案内させて！」

「はあ？　急になんだよ」

「あーほら、演習の時にさ、王都案内するって約束したじゃない？　それに、いつもお世話になっているしたまにはね？」

なるほど、ニーナなりの感謝の印というわけか。

俺も王都に興味がないわけではない。いい機会ではあるな。いろいろ欲しい物もあるしな。

「案内か……確かに最近落ち着いてきたしそろそろ周りを見てもいいか。——それじゃあ頼むかな。いいところに案内してくれよ」

すると、ニーナの顔がパーっと明るくなる。

「もちろん！」

「はは、はしゃぎすぎだろ。そういうのには慣れてんだろ？　接待とかさ」

「それとは別物だよ！　ノア君は友達だからね。楽しみにしてる！」

◇　◇　◇

スカルディア王国の王都ラダムス。

街は俺が入学式にやってきた時の賑わいとはまた別の、浮ついた空気が漂っていた。

国王ハルフ・スカルディアが住む王宮が、王都の北部にこれでもかとでかでかと聳え立っている。そこから東へ行ったところには、我らがレグラス魔術学院があり、その輪郭が薄っすらとだがここからでも見える。そして、王都南西部には俺の古巣（といってもここには一回来たきりだが）冒険者本部がある。

長い間この王都を中心とした争いは起こっていないらしい。恐らく、この間歴史の授業で習った、今回のお祭り騒ぎにも関わっているカーディス帝国との同盟もその平和の大きな要因となっているのだろう。

「にしてもすげえな……本当にローウッドと同じ国かよ」

王都のメインストリートは豪勢に飾り付けられ、まさに祝い事ムード一色。スカルディア王国の赤い獅子の国旗と、カーディス帝国の青い鷲の国旗が入り乱れるように掲げられている。

至る所に出店が並び、普段はいなかった旅人や行商人、旅芸人の一座の姿などが目に入る。それに、物々しい鎧を装備した冒険者まで様々だ。

見回りの王都の騎士もいつもより多い。王都の騎士の鎧には赤いラインが入っている。だが、今日はそれ以外にも、青いラインの入った騎士もちらほらと見かける。青いほうは帝国所属の騎士だろう。

だが、少し妙だな……。この辺りの警護だけなら普段から見回りしている騎士と、プラスで増援を送ればいいだけだ。今回は客であるはずのカーディス帝国の力を借りるってのはちょっと理解できない対応だ。王の周りを固めるならまだしも……スカルディア王国はそんなに人材不足ってわけでもねえだろうし。非番の騎士たちは観光でもさせているのか？　特に警備してるって風でもねえし……。

と、そんなことを考えながら俺はニーナとの待ち合わせ場所である噴水広場でぼーっと人の往来を眺めていた。すると。

「おまたせ！」

聞きなれた声に俺が振り返ると、そこには制服姿のニーナが立っていた。

ニーナは少しソワソワとしながら長い髪をクルクルといじる。

「ごめんね、少し遅れちゃった」

「よっす。別に気にすんな」

「は、反応薄い……」

「いやいや、これくらいが俺の普通だろ？　普通に楽しみにしてたぜ」

「ほ、本当!?」

「もちろん。王都は本当にほとんど来たことねえからなあ。色々見てみたかったし」

すると、ニーナは嬉しそうにパーっと笑みを浮かべる。

「ふふふ、任せて！　完璧なプランを立ててきたから！」

「はは、今日ばかりは頼りにしてるぜ」

「もー何さ、今日ばかりって！」

ニーナは少し怒って頬を膨らませる。

「ははは。んで、どうするんだ？　結構目の前でお祭り騒ぎが起きてるけど……」

「ちっちっち、あれは最後だよ。まずは実際の王都をちゃんと見て回ろうよ」

「おぉ、しっかりしてんな。アーサーならそんなの忘れて祭りに突っ込んできそうだぜ」

「ふふ、そこはちゃんとノア君のこと考えてきたからね」

そう言い、ニーナはえっへんと胸を張る。

ニーナはそもそも真面目だからなあ。ちゃんと俺のこと考えてくれてんだろ。いい奴だな。

「えーっと、まずは王立図書館でしょ。で、その後魔術協会の本部と冒険者本部を軽く見学して、お昼食べたら魔術道具のお店とか回ろう！　雑貨とかも見たいでしょ？」

「おお、いいね」

「よし、さあ行こう！」

ニーナはくるっとスカートを翻し、俺を先導するように道を進む。

「まずは図書館！　西地区にあるからちょっと遠いけど散歩がてら丁度いいでしょ？」

大通りを抜け、出店の並ぶ通りを進む。商人たちの呼び込みの声や、値下げ交渉の声など活気があふれている。

そのまま脇道に逸れ、入り組んだ路地を抜け、架けられた小さな橋をのんびりと渡る。下には穏やかな川が流れ、ここだけローウッドに戻ったような景色だ。

そこから緩やかな坂を上り、人気もあまりなくなった辺りで真四角の巨大な建物が見えてくる。

「ここだよ！」

「おぉ、でかいな」

「ふふ。レグラス魔術学院の図書室もかなり大きいけど、あっちは魔術関連ばかりだからね。こっちはもっといろんなものがあるよ。文芸から歴史書、ちょっと下らないゴシップ誌までより取り見取り！　――――って、どうしたの？」

　俺が後ろを振り返っているのに気付きニーナは俺に声を掛ける。

　この辺りはやや標高が高いようで、さっきまでいた噴水広場の辺りが良く見えた。デカいな、王都。

「――いや、悪い。いいところだな。中入ろうぜ」

「うん」


　そうして、図書館や、魔術協会本部、冒険者本部などを見学し、俺たちは中央通りに戻り昼食にありつくことになった。

　さすがは王都。とにかく質が凄い。ローウッドにも図書館はあったが、これほどまでの物は見たことがなかった。興味深い本もかなり置いてあった。時間があったらまた見に来たいくらいだ。

　まったく、なんでこれだけ栄えていていろんなものも見られるのにシェーラは王都に来たがらないんだろうか。どうせならこの辺りを拠点にすりゃいいのに。魔術協会も冒険者本部も一度見たことはあるが改めてニーナと行くとまた違った面白さがあった。特に冒険者本部では、ニーナは目を輝かせていた。ちょうど俺たちが見終わって別の所に行こうとしたところで、S級冒険者の魔術師――〝竜殺し〟のキースが丁度冒険者本部から出てきたのだ。

　さすがにヴァンのことは知っていても俺のことは全く知らず、ただのファンかのように接してきた。どうやらこの後会談での護衛の任務があるらしい。ご指名の依頼だそうだ。

「つたく、ヴァンの野郎がいてくれりゃあもう少し楽できたってのによ。さっさとどっちがS級最強か決めねえといけねえってえのに……」

つと、キースは小さく愚痴を零していた。


「――で、昼はここと」

「うん！　私のせいでここで食べられなかったでしょ？　出会いの場というか……えへへ」

と、何やらニーナがロマンチックなことを言ったがここは高級な食事処でも何でもない、ただの酒場だ。そう、俺がニーナと出会い、ハル爺さんから逃がしてやった場所だ。

「ささ、遠慮せず食べて！　奢りだよ」

「いやいいって。金はあるんだ、気にすんなよ」

「ダメダメ！　これはお礼も兼ねてるんだから。それに、お金なら絶対私のほうが持ってるもんね」

そう言い、ニーナはニヤッと笑う。

「……悪い顔だな」

「ふふ、ね、だからいいでしょ？」

「……ふぅ。ま、せっかくの気持ちだからな。素直に受け取っておくか」

「そうこなくちゃ！」

俺たちはソーダ水や骨付き肉、サラダなどいろいろな庶民的な物を頼み、食事を始める。

ニーナはニコニコしながら口一杯に頬張り、ほっぺをぷっくりと膨らませる。

学院でも思ってたけど、ニーナは公爵家にしてはなんつーか庶民的だよなあ。いろいろ危なっかしいし。

すると、じーっと俺が見ていたのに気付いたニーナが、ごくりと食べ物を飲み込み、声を発する。

「……な、何ノア君」

「いや、なんつうか…………いや、やっぱいいや」

「えー何!?　気になる!!」

「何でもないって。さっさと食おうぜ、午後も予定あるんだろ？」

「もう……。まあそうだね、午後は魔術の道具とか雑貨とか見て回って、その後祭りを少し堪能しよ」

そう、ニーナは満面の笑みで言う。

「はは、いいね。退屈しなそうだ」

魔術道具の店は王都内に何店かあり、その中でも行きつけだという店にニーナが案内してくれた。

裏路地の薄暗い通りにあるその店は、ツタが生え、かなり暗い雰囲気を漂わせる店だった。

普通なら見逃してしまいそうな佇まいだ。有名店というより、どちらかと言えば知る人ぞ知る店といったところか。公爵家のニーナとしてはもう少し豪華絢爛な店を愛用していると思っていたが、意外だな。

「ふふ、ここの店主はもともと王宮で働いていた宮廷魔術師なんだ。だからすごい魔術に詳しいんだよ」

「へえ、見かけによらねえもんだな」

「あ、汚い店だなって思ったでしょ」

「まあさすがに……これを見ればな」

「ふふ、そういう風に見えるようにしてるんだってさ。余計な客はいらないから、本当に自分の実力をかってきてくれる客だけでいいっていう目的でこうしてるらしいよ」

「へえ、ポリシーがあんのね。そういうのは好きだぜ」

「さ、入って入って！」

カランカランとドアにつけられた鐘が鳴る。

店内はこれまたこじんまりとしていた。しかし、置いてあるものは高級品や珍しいものばかり。

ドラゴンの爪や牙を使う霊薬、ホルマリン漬けされた錬金術用のモンスターの部位や、古い時代の高価な魔術書、それに東方や南方の魔術道具まで幅広く扱っている。

魔術道具と一口に言っても種類は様々だ。俺みたいに自分の魔力だけで事足りる魔術師には割と無用の長物なのだが、そうでない人間でも、魔術の最低限の素養さえあれば使えるのが魔術道具のいいところだ。

それで言えば、ニーナの契約に用いている魔本も分類では魔術道具に入る。モンスターを閉じ込める檻なんかも大きな括りだと魔術道具だな。

「お、ニーナちゃんいらっしゃい」

鐘の音につられ奥から出てきたのは、ウェーブがかった紺色の髪の男性だ。

物腰柔らかそうな雰囲気だが、確かに魔術を使えそうな雰囲気を漂わせている。

「レイデンさん！」

「久しぶりだね。今日はどうしたのかな？」

「ちょっと今王都の案内してててね」

「ほう、それでこんなうちの寂れた店に来てくれるなんて嬉しいね」

「へへ、レイデンさんの店は魔術師なら知っておいて損はないでしょ。この人が学院でお世話になってる同級生のノア君」

「どうも」

「ふーん……君がノア君ね。話は聞いてるよ」

そう言い、レイデンはじーっと俺の目を見つめる。

「ふむ……失礼」

するとレイデンはずいっと俺に近寄り、パンパンと俺の腕や足、顔なんかを触り始める。

「な、なんすか……」

「あ、ごめん、ちょっと魔術師を見るとしちゃう癖でね」

「……ニーナにもやったんすか」

「とんでもない。私の首が飛ぶ」

そう言って、レイデンはアハハと笑う。

「――うん、なるほどなるほど。面白い……君、かなり強いね」

「わかるんすか？」

「私を誰だと思ってる？　宮廷魔術師だよ」

「元ね」

「……元宮廷魔術師だよ？　数多くの魔術師たちを見てきたさ。だけど、正直驚いたよ。君は……………既にかなり完成されてるね」

「やっぱり！　レイデンさんならそう言うと思ってた！」

「ニーナちゃん、彼何者？　魔術学院てこれから魔術を学ぶエリートたちの学院だよね？　こんな規格外がいていいものなの？　その年でどれほどの修羅場を潜ってきたのやら……」

レイデンは恐ろしいものを見たかのような表情で口元を押さえる。

俺は肩をすくめる。

「ま、俺にもいろいろあってね。でも学院は楽しいよ、いろんな魔術見れるし、同級生も上級生も面白い奴ばっかりだ。横暴な貴族も見られるしな……っとこれは失言だった」

「はは、言いたいことはわかるさ。……ちなみにファミリーネームは？」

「アクライト」

「アクライト……名家でも貴族でもないね。平民でそれほど……――いや、ちょっと待って、アクライト……？」

レイデンは何かに引っかかるように少し眉間に皺をよせ考える。

「どうしたの、レイデンさん？」

「……いや、気のせいだね。そんなわけないか。――とにかく、平民でそれとは、末恐ろしいよ。ぜひとも私の魔術道具店はご贔屓にしてもらいたいもんだね」

「確かにいいものが多いみたいですしね。何か用があったらこさせてもらいますよ」

俺は商品を眺めながら言う。

「ふふふ、助かるよ。プライドが邪魔をしてこんなところにこんな見た目の店を構えたはいいけど……結局は客商売だということを思い知らされたよ」

「えーレイデンさんのこだわりはかっこいいと思うんだけど」

「こだわりとプライドじゃ飯は食えないってね。王宮時代の貯金を切り崩す日々さ。まあ楽しいからいいけどね」

そうしてしばらく談笑し、俺たちはレイデンの魔術道具店を後にした。

「面白い人でしょ？」

「そうだな。なんか俺の名前に引っかかってたみたいだけど」

「前の仕事柄いろんな魔術師に会ってるからね。もしかしたらどこかでノア君のご両親と会ったことがあったかもね」

「どうだかな」

ご両親ね……シェーラのファミリーネームだぞ。あいつが王都に知り合いがいるとは考えられんが……。

「あ、次は出店行こう！　せっかくのお祭り騒ぎだからね、何か食べよ！」

しばらく通りを歩き、俺たちは出店のあった通りまで戻ってくる。

「二つください！」

「はいよ！　デートかい？」

「デっ……!!　ち、違いますよ！」

「あはは、みんなそう言うのさ。ほい、二本！」

そう言ってニーナは串を二本受け取ると俺のもとへと戻ってくる。その顔は少し赤くなっていた。

「なんかあったのか？」

「な、なんでもないよ！　はい、これおいしいよ」

ニーナは俺に串を渡す。串には四角く切られた肉が三個刺されている。

俺は一口ぱくりといただく。

「うまいな。くどすぎない」

「間にはちみつが入ってるんだよ」

「へえ道理で」

俺たちはそれを食べながら出店を見て歩く。

本当に活気がすごく、俺が入試に来た頃や入学式に来た時より圧倒的に人通りが多い。見回りの騎士も多く、忙しそうにしている。

しばらくその喧騒の中で雰囲気を楽しみ、二人であたりをぶらつく。

――と、不意にニーナが「あっ！」と声を上げる。

「どうした？」

「ごめん、ノア君……私ハル爺への定期連絡する約束すっかり忘れてた……」

「そりゃまた過保護だな」

「無理言って通わせてもらってるからね……世話係として良くしてくれてたハル爺に迷惑かけたくないし」

まあそりゃそうか。試験を受けることすら反対してた心配性な親だしそれくらい報告させるか。……いや、ただの心配とも限らんか。

「ついていこうか？」

「ううん、今日は一人で外出してるって言ってるから、大丈夫！　ノア君もいるなんて知ったらハル爺怒っちゃうよ」

そう言ってニーナは少し困り顔で笑う。

「そうか、気をつけてな」

確かに、公爵家のご令嬢が男となんて一大事だな。

「うん、すぐ戻る！　噴水広場でまた集合しよう！　ノア君はもう少し見てて！」

そう言ってニーナは手を振りながら人混みへと消えていく。

さすがは公爵家、外に出るのもいちいち面倒なんだな。全寮制だから最低限許されてるって感じだな。

さて……暇になったな。

俺は何となくそのままぶらつき、徐々に人の少ない通りへと入っていく。やはりこっちのほうがなんか落ち着く。少し喧騒が聞こえてくるくらいが心地よい。この辺りはほとんど人もいない。静かな通りだ。

◇◇◇

息が苦しい。

肺が熱い。焼けそうなほどジリジリと、内側から焦がしてくる。運動不足なのか、脇腹が痛い。

目深に被った、適当に羽織ってきたローブをはためかせ、私は一気に王都の路地を駆け抜ける。その足取りは軽い。

不思議と笑みが込み上げてくる。ふふふっと、声が漏れる。

「やっちゃった……やっちゃった!!」

私は興奮気味にくるっと体を回転させ、軽やかにステップを踏む。

自由！　まさかこんなタイミングがあるなんて！

「ま、待ってくださいよアイリス様！」

「早く早く！　お父様の騎士が追いかけてきちゃうわよ！」

「ひぃいい……!!」

エルは少し情けない声を上げ、それでも私に置いていかれまいとぴたりと後ろを走る。待ってください、とは、別に私が速いからそう言っているわけではない。本当に、待ってほしいのだ。

「抜け出したなんてバレたら怒られますよ!?　しかも他国で!!」

「あはは！　ここで逃げなきゃつまらないじゃない！　スカルディアだからいいのよ！」

そう。お父様の箱庭。あの息苦しい帝国で外に出ても何も楽しくない。

趣味の合わない友達のようなもの。ただ親に言われて私に合わせている友達のようなもの。

私を十四歳と知ったうえで色目を使ってくる気味の悪い大人たち。

そんなところに、自由などない。

誰も私の正体を知らないこの土地で、深いローブを被って顔を隠し外に出るからこそ本当の自由というのです！

日頃の鬱憤が溜まっていたのかもしれない。普段の私なら絶対こんなことはしない。けれど、外の晴れやかな天気を見ていると、何故だか勝手に身体が動いた。

土地勘もよくわからず王宮から抜け出し、がむしゃらに走った。人のいなさそうな通りを選び、すれ違う時はローブのフードを深めにかぶり直す。

今頃お父様の命令で騎士たちが私の捜索を始めているかもしれない。――いや、それはないかも。私はいたら便利で、いなくてもいい存在だから。それでも最低限の人数の捜索隊くらいは出てるかも。所詮その程度。

それでも、私に何かあった時に動いていた痕跡がなければ権威が失墜するかもしれない。それくらいは考えている人だ。きっと動いてはいるんでしょう。そこに私に対する心がなくても。

少しして、一気に人の賑わう通りに面する路地にたどり着く。

その光の先には、所せましと並ぶ出店、見たこともない食べ物や装飾品。家々からはスカルディアやカーディスの国旗が下げられているのが目に入る。

「うわあ……エル」

「ど、どうしましたか……？」

全力疾走に付き合い、息も絶え絶えになっているエルは腰をかがめ、息を荒げながらその前髪の間から私のほうを見る。

「綺麗ね……私なんかより。この景色が美しいわ。活気に溢れて、楽しそう……」

「アイリス様……」

でも、流石にこの中には行けない。

誰が私を知っているかわからない。さっきまでの路地ならまだしも、この人通りではそうはいかないだろう。注目されれば、この逃避行はおしまい。すぐさま連れ戻される。必死に探していなくとも、見つけたからには強制的に連行されるわ。

なるべく人目の付かないところを観光して、こっそり帰ろう。それだけで満足よ。どうせ抜け出したことはバレていたとしても、それならそこまで怒られないはずだわ。

――しかし、エルは私の想像とは百八十度違う答えを出す。

「……行ってみますか？」

「え？」

エルは慈愛に満ちた顔で言う。

「だってもう逃げ出したことには変わりませんし……。バレてどうせ怒られるなら、楽しみませんか？」

「い、いいの!?」

調節できないほど高揚した声が、私の喉から漏れる。

エルはにこやかに頷く。

「言ったじゃないですか。見ているだけでも晴れやかな気持ちになるって」

「うん」

「その中に入ったら、もっと楽しいですよ」

「うん!!」

私たちは、路地の日陰から一歩踏み出す。

眩いばかりの日光と、人々の活気ある声が一気に吹き抜ける。

その熱気に、思わず目を細める。

「らっしゃい!!　東部から持ち込んだ珍しい石だよ！　運気が上がるよ！」

「そこの嬢ちゃん！　どうだいブローチは!?　きっと似合うよその綺麗な青い髪には！」

「チキンはいかが!?　持ち運びに便利で小腹も満たせるよ！　今なら安くするよ！」

とめどなく押し寄せる声。

でも、不思議と私をただの客と思ってくれるその声に私はなんだか気分が良くなる。

「ねえ、エル。あれ」

「どうしました？　買います？」

「うん！」

「では、チキンを一つ」

「毎度！　チキンを一つ――」

と、そこで私はぐいっとエルの袖を引っ張る。

「二つ」

「え？」

「二つでしょ。共犯なんだから、一緒に食べましょ」

「……そうですね。では二ついただきましょうか」

私たちはチキンを二つ買うと、取っ手を持ちながらむしゃむしゃと食べ歩き、いろいろな出店を見て回る。

見たことのない綿のお菓子や、棒状のパンのようなもの。楽しそうに踊る踊り子や、すごい曲芸を見せてくれる曲芸師。本当に楽しくて、この国に来た頃の暗い気持ちはどこかへ吹き飛んでいた。


しばらく露店を見て回り、珍しいものに目を輝かせた。

それから少しして、久しぶりの活気と熱気、そして人混みにあてられ私たちは少し薄暗い路地に退避する。通りの喧噪が遠くの世界のように遠のき、少し静かな空気に落ち着きを取り戻して私は大きく深呼吸をする。

北国のカーディス帝国とは違う、生暖かい、優しい空気が肺に入り込む。

「ふぅ……少し疲れましたね」

エルは木箱に私を腰かけさせ、その横に立ちながら言う。

「そうね。でも、すごい……こんなすごいなんて思ってなかった」

それは純粋な感想だった。別に、カーディスよりすごい祭りをしているとか、すごいものが出回っているとか、熱気がすごいとかそういう意味で言ったわけじゃない。

ただ、私が今置かれている状況を考えると、束の間の夢のようで、不思議と心が躍った。そういう意味のすごいだ。

「ふふ、良かったです。あっ、アイリスさま――」

「ちょ、ちょっと！」

私はその言葉を聞き、慌てて止める。

「な、なんですか!?」

「外では〝アリス〟って言ったでしょ。それに、様はやめてよ」

「で、ですが……」

と、エルは困惑した様子で眉を顰めるが、私が真剣な眼差しで「お願い」と口にすると、渋々エルは了承する。

「で、では…………ア、アイリス……さ……ちゃん」

「ア、アリスだってば！　もう……」

アイリス様なんて呼ばれているのを聞かれたら、顔を知らなくても私がカーディスの皇女だってばれてしまう。

まったく……。でも、いつもと違って悪くなかった。まるで本当の友達みたい。

敬われることも、距離を置かれることも、興味もないのに仲の良いふりをされるよりも、ずっといい。

私は少し口角が上がっているのに気づき、あわてて押さえる。頬をグニグニと動かし、元に戻す。こんな顔見られたら、また元に戻ったときにやってけないよ。

「――さ、さあ、エル！　休憩もしたし、このあとは何をしに――――」

「きゃぁっ!!」

瞬間、エルの後ろから赤いローブに身を包んだ男が、エルの首筋に短剣を押し当てる。

その男と、ぴったりと目が合う。人を殺したことがある目だ。突然の状況に、身体が硬直する。

「……だ、誰!?」

絞りだした言葉は、それが精いっぱいだった。

「に、逃げて、アリス！」

「エル！」

エルは掴まれた腕の奥から、必死の声を上げる。

顔を歪ませ、普段とは違う必死の形相に私は事の重大さをはっきりと認識する。サーっと血の気が引いていくのを感じる。

私のせいだ……！

「アリス……？　人違いか？」

エルを拘束している男が言う。

「馬鹿、顔をよく見ろ。アイリス皇女だ、間違いない」

その男の後ろから、さらにもう一人の男が現れる。

これまた赤い揃いのローブを着た男。どこから現れたのか、全く気が付かなかった。私たちずっとつけられていた!?　お父様の騎士じゃない……。こんな格好見たことがないし、さすがにこんな手荒な真似をするわけがない。

心拍数が跳ね上がる。やってしまった、そう感じたときにはすでに遅かった。

「に、逃げてください!!」

「エル――」

ドカっ!!

「うっ!!」

エルを押さえていた男の右手が、エルの脇腹を思い切り殴る。

「黙っててくれないかなあ、無能な侍女さんよ。ダメだよ～皇女様なんて重要人物を外に出しちゃ。何やっちゃってくれてんの？　呑気に観光とか……」

「………ウッ……」

「ま、おかげで俺たちの仕事はこうして完遂できるわけだ」

そう言い、男はへらへらと薄気味悪い笑いを浮かべる。

私はふつふつと湧き上がる怒りを抑えきれず、自分の白い肌が赤く染まっていくのがわかる。

「へへ、そうイライラしなさんな、皇女様。別に傷つけようってんじゃねえさ。俺たちは〝赤い翼〟。聞いたことくらいはあるか？」

赤い翼……!

聞いたことがある。確かカーディス帝国で暗躍してると言われているテロリスト……だった気がする。そんな、まさかこの国まで……。

「……聞いたことないわよ」

精一杯の反抗を試みる。何も意味がないことはわかっている。

「はは、そりゃ世間知らずな嬢ちゃんだ。だが、確かに絶世の美少女……いいねえ。くっく、汚いローブに身を包んでも、そのローブから出る真っ白な脚に腕……さらっさらな髪……」

男はニヤニヤと笑みを浮かべながら舌を舐めずる。

「おい、傷つけるなよ」

「わかってるよ。でも少しくらい楽しんでもいいだろ？　へへ、こんな女一生自由にできる機会ねえぜ」

するともう一人の男はやれやれと肩を竦め溜息を漏らす。

「……まったく。ほどほどにな」

「さっすがあ！　楽しみだなあ」

私の怒りは、より一層深まっていく。

不快感の塊が私の胃の辺りを熱くさせ、目は勝手に潤んでいく。

許せない……エルを殴って、私まで侮辱して……！

「は、離しなさいよ……」

「はあ？　お嬢ちゃん、皇女様のくせに口の利き方がなってないねえ。教育がなってねえ」

「うるさい……うるさいうるさいうるさい!!」

やってやる……！

私は鞄にしまい込んでいた人形――ティッキーちゃんを取り出す。

「おうおう、お人形頼みか？　可愛いねえ。まだお子ちゃまだからかな？　くっく、でも俺はガキもいける口でな。むしろガキのほうが好みさ。お前ぐらいの年頃が一番肌に張りがあってあそこ――――」

「黙りなさい!!　エルを離せって言ってるのよ!!　ティッキーちゃん、〝起きなさい〟！」

瞬間、地面に魔法陣が浮かび上がると、私の手に持った可愛い人形は自立して地面に立ち上がる。

その様子に、男は一瞬唖然とした表情でそれを見る。

「……驚いた、皇女様は魔術師か！　人形遣い！　――だが所詮はガキよ。そんなおもちゃじゃどうしようもねえぜ？」

「どうかしら。ティッキーちゃん。――〝ぶっ飛ばして〟」

ティッキーの目が赤く光ると、目にもとまらぬ速さで一直線にエルを拘束する男へと突き進む。

「なっ――」

ティッキーは思い切り跳躍し、勢いよく腕を振りかぶると、男の顔面を思い切りぶん殴る。

「グッ……!!」

完全に不意打ちを食らった男は、短剣を地面に落とすとそのまま横の壁に激突し、頭を打ってそのまま気絶する。

後ろに立っていた男は呆れた様子で顔をしかめる。

「おいおいおい、何やってんだヌエラス。たかがガキ相手に……。これだからただの馬鹿と組むのは嫌なんだ。尻ぬぐいはいつも俺だからなあ」

「エル！」

「ア、アイリス様!!」

解放されたエルは今にも泣きそうな顔で私のもとに駆け寄ると、ぎゅっと私をハグする。

私は何も言わず、そっと背中をさする。

やってやった……私の魔術は通用する……！　絶対にエルは守る！　やれる……けど……。

私はぎゅっと口を一文字に結び、震えを必死に抑える。戦ったことなんて家庭教師としかないし、こんな実戦なんてしたことない。でも……。

「……ど、どうする気？　私のティッキーちゃんはまだ動くわ。は、早くどっか行って!!　私たちに構わないで！　今なら許してあげるからさっさと帰って！」

しかし、男は余裕そうな顔で言う。

「そんなこと言われてもなあ。ヌエラスはしばらく動けないにしても、まだ俺がいる」

「み、見たでしょ！　あんたたちなんか怖くないんだから！　私のティッキーちゃんがぶっ飛ばしてくれるわ！」

「それは――」

と、男は右手に持った何かをゆっくりと掲げる。

「これのことか？」

「えっ……」

そこには、無残にもぐちゃぐちゃに引き裂かれたティッキーちゃんがあった。

すでに魔力は通っておらず、ただのぬいぐるみと化していた。私の応答にも応える素振りはない。

い、いつの間に私のティッキーちゃんが……!!

「お前らが悲壮感丸出しで抱き合ってる間に片付けさせてもらったぜ。——で、他に俺に対抗する手段は？」

「…………」

ほかの人形は今ここにない……基礎魔術なんてちょっとしかできないし……。

「ふっ、所詮は皇女か。まぁ、この程度でも頑張ったほうか」

「誰が——」

刹那、一瞬にして距離を詰めた男が、私とエルの腹に同時にパンチを入れる。

「うっ……おえっ……！」

「ううっぅ……！」

私たちは地面に座り込み、ゲホゲホとせきこむ。

速い……痛い……痛い痛い！

自然と涙が込み上げてくる。

目の下のほうに涙が溜まっていくのを感じる。さっき食べた物が、胃から逆流するように戻っていくのを感じる。

「さすが氷雪姫《レヴェルタリア》、泣き顔もそそるねえ。——だが、まったく……余計なことさせやがって。なるべく傷つけずに連れ去らねえと交渉にならねえだろうが。余計な抵抗をするな」

私は痛みを堪え、必死に言葉を探す。

「お、お父様と………わ、私を餌に……交渉したって、成立しないわよ……！」

「そんな親がいるか。現にこの国まで連れて来てるじゃないか。それはお前が寵愛を受けて——」

「私なんて……」

自分で言うのは悔しい。でも、事実を告げれば、逃がしてもらえるかもしれない。関係ないエルには危害を加えないでくれるかもしれない。できることはするべきよ。

「私なんて……ただのお父様を飾るアクセサリーと変わらないわ。宝石一つなくしたところで、あの人は動かない」

「お前を連れ去ってこいというのがリーダーのご命令だ。あの方がそうするべきとおっしゃったんだ、俺はそれを信じるだけだ。無駄足だったら、まあその時考えるさ」

「なっ……なんで……」

死——。

脳裏に嫌でもその可能性がよぎる。

怖い。……でも、こいつの目は本気だ。

ティッキーちゃんを失った私にはもう、抵抗する術はない。諦めが、体全体を巡っていく。

頭がぐわんぐわんと揺れる。

私は短くため息を吐くと、最後の懇願を溢す。

エルを巻き込むことだけは、絶対にできない。

「……………わかったわ。でも、エルだけは……エルだけはどうか……」

私は懇願するように、蹲るように頭を下げる。

「ア、アイリス様……！」

隣でエルが、今にも泣きだしそうな顔で私を見ている。

「……ダメだ。その女は殺す。見られた以上すぐに通報され計画が頓挫する可能性がある。

〝赤い翼〟に失敗は許されない」

「そ、そんな……！　エルは関係ないじゃない!!　お願い、エルだけは……!!」

私は利用価値がないとわかれば殺されるかもしれない。でも、せめてエルだけは……エルのためにこの命を使えるなら、私はそれで……！

「ダメだ。女は殺す、お前は連れていく。これは譲れない最低条件だ。見られたからには殺すしかない。残念ながらな」

「そん………な……」

私の目からは涙が零れ落ち、その雫が地面に暗い染みを作る。

とめどなく、自分の意思と関係なく流れる涙を止めるすべはない。さっきまでとは比にならないほどの大粒の涙が溢れ出る。

「エル……だけは……私の……友達でお母さんでお姉ちゃんで……」

「アイリス様……」

「私の大切な……」

「自分たちの短絡的な行動を呪うんだな」

そう言い、男は腰の短剣をゆっくりと抜く。

その刃は、エルの首元に突き付けられる。

「……アイリス様」

「エル!!」

エルは涙をこぼしながらも、満面の笑みを作る。

「私のせいで申し訳ありません。……アイリス様は生きてください。私の力不足です。絶対生きてください。きっと、きっと助けは来ます。――ずっと好きですよ、愛してました」

「エル…………エル！！！」

「じゃあな」

「エル！！！」

私は思わず目を瞑る。

見たくない……そんな光景なんて見たくない。

今にエルの最後の悲鳴が――――。

――――。

しかし、聞こえてきたのはエルの悲鳴ではなく、この緊張感には不釣り合いな淡々とした声だった。

「あー、目撃者が死ぬんだったら、俺もこれから殺されんの？」

「えっ……？」

私はゆっくりと目を開ける。

振り上げた男の短剣が、ピタリとエルの頭上で止まっている。

声の主は、明かり差す通りのほうからゆっくりとこちらへ歩いてくる。光から闇のほうへと。

銀色の髪に、驚くほど冷静な表情。着ているのは、どこかの学院の制服だろうか。

「なんだ貴様……自分から死にに来るバカがいるか？　静かに通り過ぎればこの先も何もなく生きていけたっていうのに」

そう言い、男は銀髪の男のほうを向く。

わずかに漂わせるこの銀髪の男の人の不思議な雰囲気が、エルを殺そうとした男の動きを止めたのだ。

「なんでだろうな。なんか暑かったから路地入ってみたら見ちまったんだよね。それに、なんか泣き叫ぶ声聞いちまったし、放っておけねえだろ？　なあ？」

そう言い、銀髪の男の人は私のほうを見て笑う。

「お人好しが。お前は馬鹿か？」

「俺が？　まさか」

「この状況に危機感を覚えないとは。自分の力も理解できない馬鹿のようだな。……質問に答えよう。もちろんお前も殺す。目撃者は全員生きては帰さん」

するど、銀髪の男はその答えには何も反応せず、私のほうを向いて言う。

「あんた、助けて欲しいか？」

「えっ……」

な、何言ってるのこの人……？

「どうする？」

「えっと……え？　で、でも……」

ある程度魔術を嗜んでる私でさえ、この男には歯がたたなかった。きっとかなり強い……この国の一般人を巻き込むなんてさすがに——

「安心しろよ、俺最強だから」

「最強……」

「はは、信じたほうがお得だぜ。どうする？　どうせもう手の打ちようはねえんだろ？　だったら、最後まであがいてみろよ、他人の力でもよ」

その自信のあふれる言葉に、私は不思議と信じようと心の底から思えた。

気付いた時には、私は首を縦に振っていた。

「うん……うん……うん……！」

私はその言葉に、何度も何度も頷く。

頭が痛くなるほど何度も。

もう藁にもすがる思いだ。

けれど、この人なら何とかしてくれるかもしれないという期待がそこにあった。自分を最強と名乗るこの男の人に。

「お願い…………私たちを助けて……!!」

私は大粒の涙をこぼしながら、声を絞り出す。

その男は、平然と微笑み言う。

「――了解。その依頼請け負ったぜ」

◇　◇　◇

「大言壮語もいいところだな。その制服、レグラスの学生か。しかもその世間知らず感は入学したての一年生と言ったところか。……悪いことは言わない、止めておけ。ガキが気まぐれで敵う相手じゃないぞ」

「あれ、目撃者は生きて帰さないんじゃなかったっけ？　えらく弱腰だな。俺と戦うのが怖いのか？」

「………………」

男はそれまで冷静だった表情を僅かに歪ませる。

俺のほうを向き、手に持った短剣をクルクルと回し、逆手で構え直す。

「……最近のガキは調子に乗っていて好きになれんな。その癇に障る性格が仇となったな。元から貴様を帰す気などない。問いかけたのは俺の流儀の問題だ。俺は――」

と何やら話し始めたそうな男の話を、俺は手をひらひらと振り止める。

「あぁ、いいってそういうのは。あんたには興味ないね。弱い者いじめする人間の流儀なんざ聞くに値しないっての」

「余程早く死にたいようだな……」

静かな怒りが、男から溢れ出る。

「口が過ぎたな。そろそろ理解させてやる。こんな女を助けたいがために死ぬ、お前の人生の無駄さをな。――俺は〝赤い翼〟、No．3疾風のイディオラ」

そう言い、イディオラは短剣を構え、腰を低く落とす。

赤い翼？　なんだそれ。組織名か？

「赤い翼……聞いたことないな」

俺は首をかしげる。

「この国の人間が知る必要はない。もっとも、ここで死ぬのだから関係のない話だがな」

「そうっすか、じゃあお前を倒して聞くとするか」

「えらい自信だな。まだ世界の広さを知らないか――……ならば、さっさと悔いて死ね」

その言葉と共に、イディオラは一気に地面を蹴る。

その風圧に、辺りの砂埃が一気に舞い上がる。

「き、気を付けて!!」

この動き、魔術師じゃないな。純粋な短剣使い。殺気ダダ漏れで迷いがない。殺しに慣れているな。

それにしても、疾風ねえ……その二つ名にしては遅すぎる。これならまだニーナのところの爺さんのほうがスピードが上だったぜ。

俺は魔術で身体を加速させる。

バチバチと稲妻が走り、一瞬にしてイディオラと入れ違うように交差する。

「なッ!?　どこに――」

俺と交差したことにすら気づかないイディオラは、俺を見失い急ブレーキをかける。

「弱えな」

「貴様ッ――」

「〝スパーク〟」

放たれる紫の電撃。

振り返りざまに脳天からもろにそれを浴びたイディオラは、身体を硬直させ、その場に佇む。

雷鳴、電撃、硬直――。

電撃が地面に流れ、バチバチと波打つ。

まさに瞬殺。

「ガ……ハッ……冗談……だろ……ッ」

「冗談なわけあるかよ。最強だって言っただろ。世界の広さを知らないのはお前のほうだったな」

イディオラはふっと意識を失い白目をむくと、膝から崩れ落ちる。手に持った短剣が地面に落ちる。

呆気ない幕切れに、後ろの少女たちも唖然と俺を見ている。

俺は両手をパンパンと払う。

「ふう……。口で言う以上に弱いな。これでＮｏ．３とかその組織どうなってんだ？」

「お、終わったの……？」

ぼろいフードを被った少女は、少しおどおどとした様子で俺に声を掛ける。

「あぁ、終わったぜ。依頼達成だな」

俺は地面に捨て置かれた破れたぬいぐるみを拾い上げると、パンパンと埃を払い少女に返す。

少女はそのぬいぐるみをぎゅっと強く抱きしめると、パッと顔を上げる。

「あ、ありがとう……!!　――本当に……ありがとう……！」

少女は、涙を拭いながら何度も俺にお礼を言う。

「気にすんなよ。で、そっちの人は？」

隣で地面に座り込んでいる二十代くらいの女性は、よろよろと立ち上がると深々と俺にお辞儀をする。

「あ、ありがとうございます、何とお礼を言っていいか……。あなたのおかげでアイリス様を失わずに済みました……本当に……本当にありがとうございます」

少女とは対照的に、かしこまった様子で女性は言う。

「いや、たまたま通りかかっただけだし気にする必要ねえよ。俺も急に予定空いて暇してた————ん、アイリス……？」

どっかで聞いた名前だな……何だっけ。アイリス……アイリス。確かアーサーが言っていたような……。

「エル……」

「あっ……！」

女性はしまったといった顔で申し訳なさそうに少女を見る。

「あっ」

思い出した。

「アイリスってもしかして——」

俺は二人の顔をじっと見る。

「……そうね。助けてもらったのに正体を隠しているというのも失礼よね」

「い、いいのですか？」

「もうバレちゃってるじゃない、エルのせいで」

少女はぷくっと頬を膨らませる。

「すいません……」

少女はため息交じりにフードを外す。

サラサラと透き通るような淡い青色をした髪。透き通るような白い肌。

少し伏し目がちに、オドオドした様子で俺のほうをチラと見る。そのエメラルド色の瞳は、まるで宝石のように輝いている。

「——氷雪姫《レヴェルタリア》…………カーディス帝国の皇女様か」

「その通りよ」

少女——アイリスは何とか威厳を保とうとバンと胸を張る。まだ幼い、その身体で。

「ふーん、なるほどねえ……それでこいつらが……」

何でこんな街中に皇女様が二人でいるのかってのはまあおいといて、明らかに計画的に狙われてたよなあ。〝赤い翼〟……カーディス帝国の組織か。

「お礼は……なんでも言って」

アイリスは、何やら何かを覚悟したような表情でぎゅっと拳を握る。

「いや、だからいいって。暇だっただけだし」

「そう、私を嫁にしたいと…………でも私は皇女という立場があって……」

アイリスはもじもじして指をツンツンと突き、少し顔を赤らめて視線を逸らす。

「いや、ちょっと待て、話を聞け。別にいいって」

「そうよね、やっぱり男の人はみんな私を――――って、へ？　い、いいってどういう……？」

アイリスは唖然とした顔で俺を見つめる。まるで断ることなんて考えたこともなかったとでも言うように。

「だからそのままの意味だって。つーかなんで嫁に貰う前提なんだよ……。何で俺が嫁を貰わなきゃいけねえんだ」

「だ、だって私よ!?　氷雪姫《レヴェルタリア》よ!?　その私がお礼をなんでもするって言ったら、普通私を求めるでしょ!?」

「なんでだよ……皇女様ってバカ？」

「バ――――」

アイリスは唖然とした表情でフラフラと体をよろめかす。カーっと顔を赤くし、両手で顔を覆う。

「お、おい、大丈夫かよ」

「ア、アイリス様になんてことを……！　恩人といえども無礼は！」

「い、いいのよエル！　いいの」

「アイリス様……」

しかし、顔を上げたアイリスの顔はどこか嬉しそうだった。

「んで、どうすんだお前ら。今なんかうちの王様とやってんだろ？　抜け出してきたのか？」

アイリスはコクリと頷く。

「どうりであんたらの国の騎士がうろついてたわけだ」

「やっぱり……さすがに捜索は出てるわよね」

「正直とりあえず捜索するかって雰囲気でやる気は感じられなかったけどな」

「とりあえず……。やっぱり私には命がけで守る価値なんてないんだわ」

アイリスは自嘲気味にそう言って笑う。

価値がない……何か事情がありそうだな。ま、そこは俺には関係ねえ。

「ふーん、そっちの国にもいろいろあんのね」

「まあね。……わかってたことだわ。さてどうしましょう。このまま城に帰ってもいいけど、大目玉は間違いないわね」

「それでいいのか？」

「何がよ」

「さっきの奴ら、この国にアイリスがいる限りきっと狙ってくるぜ？」

「〝赤い翼〟……国家転覆を目論むテロリスト組織です。恐らくアイリス様を拘束し、何か条件を帝国に突き付けるつもりだったのでしょう」

隣のエルが言う。

「ふーん……。とりあえずこいつら拘束するか？」

「そうですね」

「何か聞けるかもしれないしな」

◇　◇　◇

「うっ……」

「目が覚めたか？」

気絶していた二人が、ほぼ同時に意識を取り戻す。

まだ意識がはっきりしていないのか、ぼーっと俺たちを見回す。

少しして、はっと顔を上げる。

「何だ貴様……──ん、身体が⁉」

「縛らせてもらったぜ」

ヌエラスとイディオラは縄をほどこうともがくが、しっかりと縛りつけられ身動きが取れない。

「何の真似だ……！」

「当然の措置だろうが」

「ちっ……！」

するると、アイリスは二人に近寄ると声を張り上げる。

「あなたたちの狙いは何⁉　私を連れ去って何をするつもりだったの⁉」

しかし、その可愛らしい声の恐喝は、イディオラたちに鼻で笑われる。

「はっ、言えねえな。……たとえここで殺されても、仲間は裏切れねえ」

「やれやれ、立派な仲間意識だな」

「うるせえ……そもそも誰だてめえ！」

ヌエラスは何も理解してない様子で俺に啖呵を切る。

「俺のほうこそ誰だお前だよ、俺が来る前にアイリスに気絶させられたくせに。皇女様にやられるとは、赤い翼ってのも大したことないのかもなあ」

ニヤニヤする俺の顔を見て、ヌエラスがぎりぎりと歯を食いしばる。

「てめぇ……‼」

すると、隣のイディオラは冷静な表情でいう。

「やめろヌエラス。――くっく、何を言っても無駄だ……我々の仲間が必ず皇女、貴様を連れ帰る。外に出たが最後だったな……。俺たちから情報を聞き出そうというのなら無駄なことだ」

「ッ……！」

アイリスの悲痛に歪む顔が見える。

赤い翼……レジスタンスというからには、こいつらは国を変えたいんだろう。そのために恐らく手を血で染めてきている。何度も。

油断して外に出たアイリスを狙い、それを交渉材料に国と取引する。一国の皇女をとっ捕まえようってんだ、要求はろくなもんじゃねえだろうな。だがアイリス曰く、帝国の王様はアイリスにそれほど情がないらしい（帝国の騎士の様子から見ても間違いないだろう）。

つまり、この先に残っている未来は、この赤い翼に捕まったアイリスには助けも来ず、彼らの要求も飲まれず、ただいいようにされて殺されて終わり……。

俺は軽くため息をつく。

ったく、嫌だねえ。そんなんばっかりかよ。国のために公爵令嬢を殺そうとしたり、皇女様連れ去ろうとしたり……。権力があるところにはろくな奴が集まらねえ。

シェーラが王都を嫌いなのはそういうのもあるのかもな。

しかたない……。

「おい、ロン毛」

「誰が――――ングッ！」

俺はイディオラの顔を片手で鷲掴みにする。

ギチギチと締め上げる音が響く。

「てめえらのリーダーの場所、教えろよ」

「な、なんで貴様にそんなことを……！」

「そこに他のメンバーも全員いるんだろ？　まとめて潰してやるよ」

「な、何言ってるのよあなた!?　正気!?」

アイリスが、焦って俺の肩を掴みぐいぐいと揺らす。

しかし、俺はそれを無視して続ける。

「またとない機会だろ。俺がアイリスたちを護衛して王宮まで届けたら、お前らが瞬殺されるレベルの俺からアイリスを奪うとか不可能だろ。だったら、全員で俺を倒して障害を排除したほうが楽じゃねえか？　あんたらにとってもいい条件だろ？」

「…………」

ヌエラスとイディオラの二人は顔を見合わせる。

少しして、イディオラはかぶりを振る。

「……い、いや、教えることはできん。お前がそこに行く保証もない。そのまま騎士にでもリークされれば赤い翼は一網打尽だ。……無論、騎士ごときに遅れをとる俺たちではないが」

「Ｎｏ．３がこのざまで何言ってんだか。赤い翼の底は見えてんだよ」

「一言余計な野郎だな！」

とは言ったものの……埒が明かねえな。

こいつらが素直に吐いてくれれば楽なんだが……このまま衛兵たちに突き出してもその隙に組織は行方をくらませるだろうし……。それじゃあ結局時期を改めてアイリスが狙われかねねえ。帝国に味方のいないアイリスには酷だ。少なくともここまで暗躍できてきた組織だ、普通の騎士や魔術師では手に負えない相手なんだろう。だとしたら、アイリスはいつまでも狙われ続けることになる。だったら、ここで潰すのが最善だ。

するると、アイリスが焦った様子で叫ぶ。

「さっきから何を言ってるのよあなた！　助けてくれたのは嬉しいけど、わざわざ相手のリーダー……ううん、それどころか全員相手しようなんて!!　無茶にも程があるわよ！」

「落ち着けよアイリス。折角この国に来たんだ、このお祭り騒ぎを楽しみたくて外に出てきたんだろ？」

「そ、そうだけど……」

「だったら、好き勝手遊ぶためにも邪魔だろ、赤い翼」

「そんな簡単に……あ、あなたならできるって言うの!?」

「俺は最強だからな」

「…………」

アイリスの呆れたような視線が突き刺さる。

だが、ちょっとこりゃ厳しいかな。こいつらもさすがに国を相手にするだけある。きっと口八丁で聞き出せるほど甘くはねえだろ。お手上げか。だったら、せめてアイリスを安全に王宮に届けてこいつらだけでも——と、不意にアイリスの隣の女が俺に寄る。

「先ほどの話本当ですか？」

「あんたは……」

「アイリス様の侍女、エル・ウェイレーです。アイリス様にこの国での平和な日常をプレゼントしてくれるというのですか？」

「まあな。俺のさっきの戦い見てくれればわかると思うけどな。赤い翼がいなければ万事解決。だろ？」

するとエルは少し思案したのち、うんと頷く。

「――わかりました、あなたに賭けてみましょう」

「何か策があるのか？」

「私もただの侍女ではないということです」

エルは服の内側から札を取り出す。

それぞれの札には魔法陣が刻まれている。魔術を封印した代替スクロールだ。高品質のかなりの高級品だ。

「仕事柄、アイリス様に近づく賊と話す機会は多いのです。勿論戦闘能力は私にはこれっぽっちもありませんが……」

エルはゆっくりとヌエラスのほうに近づき、代替スクロールを一枚かざす。

「〝開放〟」

瞬間、真っ赤な炎がスクロールから吹き上がり、ヌエラスの身体を包む。

「うおおあああああ！！！」

死なない程度の火力。焼ける苦しさに、ヌエラスの叫び声が上がる。

威力は低いが、正当な炎魔術だ。

ヌエラスはぜえぜえと息を切らし、苦しそうに叫ぶ。

「い……いきなり、何しやがる!!」

「これからあなたの身体に、あなた方の拠点を聞きます。そちらの方は信念がありそうですが、貴方ならすぐ根を上げてくれそうです」

「なっ――」

「スクロールはまだまだあります。耐えられますかね？」

エルは手に持ったスクロールを広げて見せる。

「て、てめえええええ！！！」

「エル!?」

俺は駆け寄ろうとするアイリスの顔を手でバッと覆うと距離を離す。

「あんま見ねえほうがいいぞ、汚れ仕事だ」

「……！」

「さあ、赤い翼の拠点は？」

「言えね――ぐおおおおああああああ！！！」

エルの手元から、熱したガラスのようなものがどろっとたれ、それに触れるとヌエラスは叫び声をあげる。

「さあ……早く白状することをお勧めします。魔術はてんでダメな私です。この魔術の威力がどれほどか理解していないので……うっかり殺すハメになってしまうかもしれません」

◇　◇　◇

人気のない路地裏に断続的に叫び声が響き渡ってから数分後。続いていた叫び声が途絶え、シーンと静まり返る。路地の外に人気はない。

「おーこわ……。手馴れてんな、あんた」

俺は、ぐったりと項垂れ動く気力のないヌエラスに視線を向けながら言う。

身体中から煙が立ち上り、切り傷が無数に増え、地面には血が滲んでいる。

恐るべき侍女エルはふぅっと一息つき、畏まった様子で手をハンカチで拭う。

「これくらい、淑女のたしなみです」

「そんなもんがたしなみであってたまるかよ」

「……私も王宮に勤める者の一人ということです」

エルは僅かに笑みを見せる。

これがアイリスを守る唯一の武器であると誇らしげであるかのように。

「エル……お、終わったの……？」

少し怯えた様子のアイリスが、おずおずと俺の背中から顔を出す。

エルは身体を屈めると、にっこりと微笑む。

「終わりましたよ、アイリス様。アイリス様に見せるような顔ではありませんでしたが……。

申し訳ありません」

しかし、アイリスは首を横に振る。

「ううん……私が……エルにいつもこういうことをさせてしまっているのよね」

「違いますよ。私が望んで、アイリス様のためにしているのです。戦闘能力のない私が唯一アイリス様の助けになれることですからね」

「エル……私はそんなことしなくてもいつも感謝してるわよ」

「ふふ、ありがとうございます。今日は素直ですね」

「う、うるさいわね！」

アイリスは頬を紅くしてぷいとそっぽを向く。

「はは、仲がいいのはいいことだな。――でだ」

俺はうなだれるヌエラスとイディオラのほうに視線をやる。ヌエラスの隣のイディオラが、汗を垂らしながら声を張り上げる。

「くそっ……ヌエラス貴様……!!　それでも赤い翼かッ!!」

しかし、ヌエラスに応える気力は残っていない。

「チィ……!!　ああ、くそったれ……！」

「災難だったなあ、イディオラさん……だっけ？　まあ、あれで答えるなってのは無理があるぜ。大分痛めつけられてたからなあ」

「俺なら絶対に答えん！」

「はは、どうだかな」

「くっ……!!」

イディオラは悔しそうに唇をかみしめる。

エルのおかげで、赤い翼の拠点はわかった。

「場所はリムバの森南東部か」

「あそこは確かにモンスターもいないですし、広い分隠れるには絶好の場所ですね」

言いながら、エルは手に持った代替スクロールを内ポケットにしまう。

「どうする気なの？　本当に……行くの？」

アイリスは心配そうな表情で俺に言う。眉を八の字にし、ぎゅっと唇を噛み締める。不安げに上目遣いで見上げるアイリスに、俺はポンと頭に手を乗せ軽く撫でる。

「安心しろよ。すぐ終わらせて戻ってくるからよ」

「でも……テロリストよ？　あなたがどんなに強くても……数も多いだろうし……」

「そこは気にすんな。まあ油断はしねえさ。ちゃんと力量を見てこその一流だからな」

そう。油断なんてして良いことはない。だが、謙遜もまた罪だ。

自分の力で解決できる問題が転がっているなら、自分の力を使うべきだ、大っぴらにな。――つまり、俺なら赤い翼を潰せるということだ。……ま、実際に見てみないとわからねえけどな。

「わ、私も行くわ！　私のせいなのにここで待ってるなんて耐えられない！」

「おいおい、さすがに皇女様をそんなところに連れていけねえよ。見てないところで捕まってもフォローできねえし」

「でも……」

何やら納得のいかない様子でアイリスは俺の目を見つめる。

やれやれ、まだ子供か……年はそんな変わらなそうだが。

「そうだな………じゃあ、赤い翼を潰したら王宮に迎えに行ってやるよ」

「え？」

「そしたら一緒に露店でも見て回ろうぜ」

「何を言って――」

「それくらい気にする必要ねえってことだ。子供は子供らしく、俺が解決して祭りムードを楽しめるのを待ってろよ。戻ってきたら遊ぼうぜ、元の目的通りな」

そう言うと、徐々にアイリスの顔がパーッと明るくなる。

「年なんてほとんど変わらないじゃない。……でも、いいの？」

「あぁ。俺がいれば平気だろ。赤い翼もいなくなるし、他に何かいても俺が守れる。乗り掛かった舟だ、途中で投げ出すのは趣味じゃねえしよ。これも依頼の延長だ」

「いい!?　エル！」

アイリスはエルのほうを振り返る。

「……また抜け出すことになりますが……今そっと戻れば王宮内にいたと誤魔かせるかもしれ

ませんね。もしあなたが言った通りのことをしてくれるのなら、脅威がいなくなる上に、最高の護衛がいるんです、侍女としては文句はないでしょう」

「じゃあ……」

「大人しく待ちましょう。きっと祭りに行けますよ」

「やった!!」

アイリスは嬉しそうにふんふんと腕を振る。

「あんたもだいぶアイリスに甘いなあ」

「国とアイリス様、どちらを取るかと言われれば私は迷わずアイリス様を選びますからね」

そう言うエルの顔はにこやかだった。

「ま、つーわけで、大人しく待ってろよ」

「うん……そうね。信じて待つわ」

「よし、いい子だ」

「こ、子供じゃないもん！」

「はいはい。――んじゃあ、拠点の奴らがこいつらが戻ってこないことに感づいて逃げる前にさっさと行くとするか。その前にお前らを王宮に送っていく」

「えーっと、どうしますか？　馬車でも呼びますか？　騎士たちにばれないように戻りたいですが……走っていくのは流石に時間が……」

「あーそんなんじゃ時間がもったいない。一瞬で行く」

「一瞬……？」

「いやあああああああ！！！」

「うっ……!!」

激しい雷鳴と、甲高い叫び声。

地面は焼け焦げ、周りの景色は狭かった路地裏から、王宮の裏側へと一瞬で移る。

「な、何……転移!?」

「そんな……転移魔術なんて……！」

「いや、転移魔術みたいなもんだがちょっと違う。ちょっとビリビリしただろ？」

「確かになんか……髪もちょっと電気でごわっとするわ。……あなた本当に何者なの？」

「はは、ただの学生だよ。今はな。――よし、んじゃあとりあえずここでお別れだな。俺はさっさとリムバで奴らを全滅させてくる」

「気を付けてね……」

アイリスは今になって少し申し訳なさを感じたのか、伏し目がちに俺に言う。

「ま、心配しないで任せておけよ」

「うん……待ってるから」

「おう。この後も出かけるんだ、うまいこと動いてこっそり出られるようにしておけよ」

「うん！　あ、あなた名前は!?」

「ノア・アクライト。覚えておけよ、皇女様」

そうして俺はアイリスと約束すると、もう一度雷鳴と共に地面に黒い跡を残しその場を離れた。

◇◇◇

激しい雷鳴と、木々の揺れる音。

その衝撃に、その場にいた全員が一斉に声を上げる。

「雷鳴……？」

「おいおいおい……何だ今の雷は!?」

「違う……魔術だ……――誰だ!?」

立ち昇る煙越しに、大量の人影が揺らいでいるのが見える。

こりゃラッキーだな。ぴったり着地できたみたいだ。探す手間が省けて助かる。

煙が消えると、そこには十数人の男たちがこちらを見つめていた。

まさに虚を突かれたといった様子で、陣形もあったものではない。

こいつらか……。

「えーっと、あんたらが〝赤い翼〟？」

「……なんだこのガキ、急に現れやがって。どんな魔術だ？」

「俺たちが赤い翼だったらどうだってんだ」

さすがテロリストというべきか、油断はあまりない。警戒心が強いな。

「要は赤い翼なわけね。皇女様ならもうお前らには手出しできねえぜ」

「皇女だと……？」

集団は僅かにざわつきだす。

「どこでそれを知ったか知らねえが……イディオラさんとヌエラスが向かってる、そんなわけがあるか！」

「あー、あの二人なら路地裏でのされてるぜ」

「「なっ!?」」

さっきよりも大きく動揺した声が漏れる。

そりゃいきなり目の前に現れて、計画も駄々洩れ、さらにもう手出しできないと言われれば何が何だかって感じだよな。当然の反応だ。

「そいつらは今頃騎士に捕まって尋問でもされてるかもしれねえな。悪いな」

「おいおい、ガキが。正気か？　その服……レグラスの学生か。ホラ吹いて何が狙いだ？」

「イディオラさんは俺たちのＮｏ．３だぞ！　誰にやられるってんだ！」

「俺だけど」

瞬間、ぽかーんと場が白けると、少しして赤い翼は一斉に笑いだす。

「だっはっはっは!!　冗談が上手いぜ！」

「なるほど、さては入団希望者か!?　手土産に皇女様持ってきてくれりゃあ一発だったってのによ」

張り詰めていた空気が一気に崩壊し、場がなごみだす。

どうやら余程想定していない事態のようだ。思った通り、あれでＮｏ．３という程度の組織か。

「はは、思ったよりウケたようで何よりだ。――でも、事実だぜ？　ちなみに、ここにいる奴も全員同じ運命を辿ってもらう。既にここの場所は騎士団には通報した。俺がお前らを倒した頃には追いつくだろ」

瞬間、なごんでいた空気がもう一度ピリつき始める。

「……さすがにそれ以上は侮辱と取るぜ、小僧」

「随分と舐められてるみたいだな」

「どけお前ら…………冗談にしちゃ笑えねえな」

そう言い、人ごみを掻き分け前に出てきたのは金髪の大男だった。

周りのメンバーたちが場所を空けるあたり幹部といったところか。

男は冷静な面持ちで口を開く。

「……イディオラは俺に次いでＮｏ．３を務める偉大な男だ。疾風の名は伊達ではない」

「疾風？　あぁ、疾風の如く速攻で俺にやられてたぜ？　序列考え直したほうがいいんじゃやねえか？」

しかし俺の挑発には乗らず、大男は続ける。

「確かにあいつらからの定時連絡はない…………冗談だとしても、本当だとしても、その言葉は万死に値するぞ」

大男は、上半身の服を脱ぎ上裸で俺に歩み寄ってくる。

肉体派か……無数の傷があるな。武器もない。肉弾戦が得意なタイプか。

「Ｎｏ．３より強いといいけどな」

「ふん、舐めた口をきく」

「――一旦落ち着けよ、ジッキス」

その声は、大男のさらに後ろ、少し高い岩の上から聞こえてきた。

長い赤髪をオールバックにした、雰囲気のある男。

「レイジさん……！」

「リーダー！」

リーダー……こいつが。

男は座ったまま余裕の表情で俺に話しかける。

「やけに自信ありげだな、少年。これでもジッキスはうちのＮｏ．２だ。不満かな？」

「……あんたがリーダーか」

リーダーの男は短くため息を吐き肩を竦める。

「――あぁ、いかにも。イディオラをやったって？　やるじゃないか」

「そりゃどうも」

「で、何しに来た。わざわざ報告しに来たわけじゃないんだろ？　大層な音を立てて現れたしな」

「もちろん。このままじゃアイリスが祭りを楽しめないんでな。おたくらの組織ごと潰すことにした」

するど、リーダーのレイジはくっくっくと笑いだす。

それにつられ、周りのメンバーも声を出して笑う。

「ははは、俺たちはレジスタンス組織〝赤い翼〟。そんなクソみたいな理由で、ガキ一人がどうにかできるとでも思ってんのかい？　俺たちは帝国をひっくり返す存在だぜ？」

「悪いけど、その野望はここで潰えてくれ。恨みはねえけど、アイリスの依頼なんでな」

「ほう、なるほど。皇女殿下のお雇いになった騎士というわけか」

「あーまあそうなんのかな……」

レイジはゆっくりと立ち上がると、大男の横に並ぶ。

「あの皇女様も人を特攻させるとは趣味が悪い。それならまずこのＮｏ．２、ジッキスを――――」

瞬間、雷鳴が轟く。

俺の手から放たれた雷がジッキスを直撃し煙を上げながら、ドシーン！　っと大きな音を響かせ仰向けに倒れる。

誰一人、俺の雷撃の速さに反応できることはなかった。

「…………あぁ？」

リーダーの男は、唖然とした表情で倒れたジッキスを見る。

「おっと、スパーク一撃で終わりか。ちょっと実力を上に見過ぎたな。――まぁいいや。ハッ、まずは誰からとか面倒くさいこと言ってんなよ。全員まとめてかかってこい」

俺は手を前に出すと、くいくいと煽って見せる。

「ガキが……！」

さっきまで余裕の表情を浮かべていたリーダーは、青筋を額に浮かべ叫ぶ。

「全員武器を持て!!　ぶっ殺すぞ！　乗り込んできたことを後悔させてやれ！」

「「うおおおおおお！！！！」」

怒りに打ち震えた男たちは、俺を殺さんと声高々に叫び一斉に襲いかかった。

「じっくり時間をかけてなぶってやれ!!　生きて帰すな！」

「はっ、悪いなタイムリミットがあるんだ。そんな長くは付き合えねえ。手加減なしでさっさと終わらせてもらうぞ」

「調子に乗るなよ!!」

俺の身体を、電撃が包む。

雷魔術、発動――〝フラッシュ〟。

身体能力が強化され、一気に加速する。

まずは雑魚を殲滅して数を減らす……！

男たちの間を次々と通り抜け、至近距離からの電撃を食らわせていく。

「う、うわあああああああ！！！」

「ちっ……どこだあ！！！　見えねえ!!」

間を縫うように動き、次々と男たちを気絶させていく。意識していたら防げるレベルのスパークでも、見えない角度からの攻撃には耐えられまい。

「ちっ……武器振り回せ!!　見えねえなら向こうからぶつかってもらうま——」

男が喋り終わる前に、俺の電撃が意識を刈り取る。

「くっそ、どうなってやがる!!　雷魔術か!?　てめぇ……くそがあああああ!!」

まさに阿鼻叫喚の地獄絵図。

数的不利を、機動力と最小限の魔術で切り抜ける。この程度、ゴブリンの群れを一人で壊滅させた時に比べれば温すぎる。

さあ、さっさと終わらせよう。


数分後——。

なぎ倒された木々と、焼け焦げ黒く染まった地面。

俺の目の前で最後まで立っていた赤髪の男は、最後の力を振り絞り喉を鳴らす。

「ばか……な……——」

そう言い終えると、前のめりに倒れこむ。

倒れた向こう側には、多くの気絶した人間が積み重なるように倒れている。皆一様に煙を上げ、痺れている。

申し訳なくなるほどの、一方的な蹂躙。

その屍の前に平然と佇む俺は傍から見たら魔王そのものだな。

久しぶりの一対多の戦い。思ってたほどの歯応えはなかったかな。まぁ、Ｎｏ．３の男があのレベルだったことからもわかってたことだけど。

とりあえずこれで〝赤い翼〟は壊滅――というほど甘くもないだろうな。リーダーってのも、この作戦のリーダーってとこだろう。全員でこの国に特攻しにくるバカなわけがない。といっても、幹部級には違いないだろうが、きっと本隊は帝国のはずだ。

まあ、この国にいる〝赤い翼〟を壊滅できただけでも十分だな。最低限アイリスとの約束は守れた。

それにしても……。

モンスターとの戦いとは違い、殺してはならないという制約がどれだけ繊細な技術がいるかというのを、改めて痛感した。勢いあまって殺してしまっては元も子もない。あまり上位の魔術をボコスカ使うわけにはいかないなこれは。やっぱ相手の力量を見て使い分けていくしかねえか……。歓迎祭で一歩間違おうものなら総バッシングは目に見えてるぜ。俺も人殺しにはなりたくないしな。

演習の時の〝黒雷《くろいかづち》〟はモンスターだったからこそ出せた魔術だ。人間相手には精々サンダーボルト止まりか……いや、でも工夫すればもっと……。

それからほどなくして、ガシャガシャと金属の擦れる音を響かせた集団が近づいてくるのを感じ取る。

事前に通報しておいた騎士たちのお出ましだ。

さっさとずらかることにするか。他国の問題に首を突っ込むとろくなことがないってシェーラが昔言ってたしな。俺の制服を見られちゃいるが……俺が誰かまではわからないだろう。

俺はそう判断すると、騎士たちに見つからないようにさっさと森を後にした。

こうして、俺は気まぐれで立ち寄った路地で助けた皇女の依頼を達成するため、隣国である帝国に反旗を翻すテロリスト集団〝赤の翼〟の一部を壊滅させたのだった。

◇　◇　◇

「何かアクセサリー欲しいなあ」

「これとかいいんじゃねえか」

俺は出店に並ぶ少し安物の指輪を指さす。二本のリングが交差しているシンプルな造りのものだ。

特にどうということもなかったが、透明感のあるアイリスに似合うと思った。

するとと、アイリスはしゃがみ込み、その指輪をもう傾いている太陽にかざすと、目を輝かせる。

「ふーん……これがいいの？」

「似合いそうだけどな」

「そ、そう？」

アイリスは俺を見上げるように首を上げる。

垂れる髪を耳にかけ、フードの隙間からこちらをちらと見る。

「でもまあ、ずいぶん庶民的なもんだけどな。アイリスならもっとまともなもん買えるだろ。皇女様はもっと高価なもので身を固めたほうがいいんじゃねえか？」

「ちょ、皇女って言わないでよ！」

すると、アイリスはツンツンと俺の脇腹を小突く。

「悪い悪い。……で、いいのかよそんなので」

「うん……これがいい」

そう言ってアイリスは少し嬉しそうにその指輪をはめると手のひらを広げうっとりと眺める。

ま、気に入ったんならいいか。

赤い翼を討伐後、俺はさっさと森を抜け出し、アイリスとエルを迎えに行った。

さすがに陽が落ちる前に戻らなきゃいけないようだったが、エルが上手くやってくれたらしく、今なら抜け出したのがバレないらしい。

なんとか時間を作り、俺たちは出店を見て回った。祭りの空気に触れ、アイリスも満足そうだ。

「ねえ、ノア」

「どうした」

「あの。わ、私の……」

アイリスは言いにくそうにそこで言葉を区切ると、もじもじとし始める。

「私の？」

少し間を開けて、アイリスは意を決したように顔を上げると、ビシっと俺を指さし言う。

「私の――私の騎士になりなさい！」

「……どういうこと？」

「だ、だからその……私を守るために騎士として任命してあげるって言ってるのよ！」

アイリスは俺の目を見てしっかりとそう言い切る。緊張からなのか、西日のせいなのか少し頬が赤い。

騎士か……要は専属の護衛になってほしいとかそんなところか。

「そうだなあ、引き受けてやりたいところだが……」

「だが……？」

アイリスは少し不安げに俺を見上げる。

「あいにく、俺はいま師匠からの課題中でな、無理だ」

「えー何それー。師匠からの課題？」

「あぁ。俺の学院――レグラス魔術学院って言うんだけどそこで暴れてこなきゃいけないのよ」

「あ、暴れる!?」

「いやいや、言葉通り捉えんなよ。ようは、実力を見せつけて目立てってことだ」

「あぁ……。でも、ノアなら簡単にできそうだけれど……」

すでに俺の力を目の当たりにし、赤い翼をほぼ壊滅させた俺をアイリスは確実に買っている。でなきゃ騎士になれなんて言わないはずだ。

この場で……いや、なんならこの国でシェーラの次に俺の実力を知っているのはこいつかもしれない。……あぁ、まあニーナもいるか。

「そう単純じゃないのさ」

「え、そうなの？」

「はは、そこら辺はお互い様だろ？」

「……？」

アイリスは何のことかわからないといった様子でキョトンと顔を顰める。

「アイリスだって皇女だけどその力で何でもかんでも思い通りにしてやろうとは思わねえだろ？　まぁほら、偏見だが、権力があればあるほど欲望の深い奴が寄ってくることも多いだろ？」

「それは……わかるかも」

「そういう奴らに、権力で黙らせるなんてつまんねーと思わねえか？　まあそういうのが好きな奴もいるだろうが、アイリスは違うだろ？　だから、アイリスだってきっと好きにできるけど好きにしない。自分に我慢して頑張って生きてんだろ？　その力で好きにしたって本当に手に入れたいものは手に入らねえからな」

その言葉で、アイリスは何かを思ったのか思い返すように少し俯き唇を尖らせる。

「ま、つまり俺も同じさ。簡単に力でねじ伏せるのはできるけど、それじゃあただの恐怖の対象さ。強いモンスターが学院に迷い込んで、はい一番強い生徒ですって言って認められるかって話だよ。学生になる前は相手が相手だからそれで良かったんだが、今度の相手は人間だからな。正当な道順を通って実力を示す必要があるのさ」

「ふうん……。よくわからないけど、わかった気もするわ」

「どっちだよ」

「わかった……と思う。私も本当の……友達とかほしいから……私の肩書きじゃなくて……」

「何言ってんだ、俺たちもう友達だろ？」

「え？」

アイリスはハッと顔を上げる。

「共に〝赤い翼〟に立ち向かったんだ。友達みてえなもんだろ。まあ、皇女と平民じゃつり合わないかもしれねえけどな」

「そ、そんなことない、そんなことないわよ！　友達……そうね」

アイリスは嬉しそうにその言葉を噛みしめる。

ほくほくとした笑顔が、なんだか愛らしい。

「ノアも、きっとすぐ力を証明できるわ。私が保証する」

「はは、サンキュー。歓迎祭っつう新入生の戦うイベントがあるんだ。そこでまずは力を見せつける。それが力を見せつける――〝暴れる〟正攻法だからな。まずは一年生で一番だというところを証明するさ」

「歓迎祭……わ、私応援に行きたい！」

「はぁ？　いや、まだ先だし、第一お前来られるのかよ」

「そりゃ聞いてみないとわからないけれど……でも行きたい！」

「まぁ、俺たちの国同士は友好国だし、それくらいの文化交流は許されるだろうけど……知らねえけど」

「うん……うん、私絶対応援に行くから！」

「はは、まぁ期待せずに待ってるよ。――だからよ、騎士ってのはまだ無理だ。お前がもう少し大人になったら考えてやるよ」

「何それー」

アイリスはぷくっと頬を膨らませる。

「ははは、まだ子供ってことだ」

「年そんなに違わないし……」

「まあまあ。代わりと言っちゃなんだが、今日くらいエスコートしてやるよ。好きに出店回らせたら迷子になりそうだからな」

「わ、私を何だと思ってるのよ！」

「帝国の皇女様？」

「そ、そうよ！　まったく……無礼なんだから！」

アイリスはジトーっと目を細め、俺を睨みつける。

「はは、でも俺は嫌いじゃないぜそういうやつ」

「えっ」

「立場なんかに負けんなよな。それくらい笑ったり怒ったりしてるほうが似合ってるぜ」

「………もう、うるさい！　さっさとエスコートしてよね！」

そう言ってアイリスはぷいと顔を背けると出店のほうへと駆け寄っていく。

まったく、やっぱりまだ子供だな。

「ありがとうございます、ノアさん」

後ろに立っていたエルが、そっと俺の横に並ぶ。

「何がっすかね」

「アイリス様が私以外にあんな笑顔見せるのなんてそうそうないことです」

「友達は……あの感じならいないのか？」

「皇女ですから……」

「そっか……」

この短い言葉で、俺は察した。

立場が邪魔をすることは往々にしてある。あのアーサーだって、俺がいなきゃニーナと友達になろうとは思わず今も敬語だったかもしれないわけだし（まあ時間の問題だった気もするが）。

ここ最近嫌というほど肌で感じていた。貴族や名家ほどプライドも高いし、それをひけらかすアホも少なくない。皇女って立場に釣られてるだけのやつだったり、親に言われて仲良くさせられてたり、想像だけでもなんとなく察しはつく。本当の友達、か。

「……アイリスも言ってた通り、機会があればまた来ればいい。俺がいりゃ平気なのはわかったろ？　また護衛してやるよ」

「その言葉だけじゃ信頼できない――と言いたいところですが、実力に裏付けされた力。何か極秘のことがあれば頼らせてもらうかもしれないですね。私もあなたほどの魔術師は見たことがないです」

「はは、俺は最強だからな」

「謙遜しないんですね」

「事実だからな」

エルはふぅっと笑いながらため息をつく。

「面白い人ですね。……実際、一応私も帝国の中枢に近い人間ですからあなたの力はわかるつもりです。――でも、誰があれをやったかは言わないで欲しいなんて、慈善家か何かですか？あなたの言う師匠からの課題というものに対しても有意義な成果となるのでは？」

「面倒ごとってのは基本的に嫌いでね。これが赤い翼討伐大会の決勝だったら大手を振ってアピールするんだけどな」

「なるほど……。では私たちもこれ以上無粋な質問はやめるとしましょう」

「助かる」

「二人とも早く！」

「はいはい」

そうしてしばらく出店を見て回り、アイリスたちは祭りの雰囲気を堪能した。

陽がもう少しで地平線の向こう側へと落ちようとしていた。タイムリミットだ。

俺の魔術で王宮の裏手へと到着し、その夕日を眺める。

「時間ね……」

アイリスは名残惜しそうに俺のほうを見る。

指にはさっき買った指輪が付けられている。

「そんな顔すんな」

「そ、そんな顔って何よ！」

「また来いよ。待ってるぜ」

「……へへ、また来る。絶対また来るわ!!　それまで、私のこと忘れないでよね！」

「忘れられるわけねえだろ。皇女様」

「な、名前で呼んで」

「はいはい、アイリス」

「ふふ……じゃあね！　ノア、助けてくれてありがとう！」

そう言って、アイリスは俺の襟を強引に引き下げると、頬に軽く口づけする。

「なっ!?」

「アイリス様!?」

「えへへ。もう大人だから、私」

そう言って、アイリスは急いで走り去っていく。

エルも慌ててその後を追う。

俺は呆然として、温かい感触を残した頬に触れる。

「な、なんだったんだ……」

この俺があまりの突然さにびっくりして動けなくなるとは……。ある意味天敵かもしれねえな……。

楽しそうにフードを深くかぶり、何やらエルにどやされながら二人は王宮へと去っていく。

騒がしい奴らだったな。まさかこんなことになるとは思ってもみなかった。

皇女か……がんばれよ。

遠くから、またね！　という大きな、透き通るような声が聞こえ、俺は黙って手を上げた。

◇　◇　◇

「……遅くなって悪かったよ」

「ふーん……」

ニーナはじとーっと目を細め、俺を横目で見つめる。

「……いろいろあったんだよ」

「へえ、何があったの？」

「それは言えねえけど」

さすがに皇女様を助けてたなんて言えるわけねえよなあ。完全にお忍びだし、ニーナのことは信頼しているが、ここで漏らせばいつどこで誰が聞いてるかわかったもんじゃない。リスクは極力避ける。下手にアイリスたちに迷惑かけたくねえからな。

俺はアイリスたちと別れた後、急いで噴水広場へと走った。

そこには、座って今と同じ目でじーっと俺のほうを見るニーナがいたのだった。

具体的な時間を決めていたわけではないが、爺さんに報告をしに行く程度だったから、それほど時間が掛かるわけでもなかったはず。かなり待たせたのは言うまでもない。

アイリスの一大事だったとはいえ、さすがにニーナとの約束をほっぽってアイリスのエスコートをしたのはまずかったか……一言言っておけばよかったが、そんなこと経験ねえし……頭回らなかったな。

そして合流した俺たちはとりあえず祭りのほうへと戻ってきたはいいが、相変わらずのこの態度というわけである。

「言えないんだ、私にも」

ニーナは少し拗ねた様子で頬を膨らませ、口を尖らせる。

「悪い」

「ふーん。私に観光案内してもらうより大事な用だったんだ」

そう言い、ニーナはぷいとそっぽを向く。

「いや、そういうわけじゃ……。あーなんつうか、それとこれとは別というか……。もちろんニーナの王都案内もすげー楽しみにしてたし楽しんでたぜ？　ただ、あれは俺がやらなきゃいけねえことだった。それだけだ」

俺ははっきりとそう言い切る。

仕方ない。もしこれでニーナに嫌われたとしても、あきらめるしかないな。

悪いのは俺だ。

――と、その時、ニーナがくっくっくと笑いだす。

「な、なんだよ急に」

すると、さっきまでの拗ねたような顔はぱっと消え、楽しそうに顔を明るくする。

「あはは！　いやあ、ごめんね。ちょっと面倒くさい女だった？」

「いや、何というか俺が悪いというか……」

「ふふ、そんなどうしたらいいかわからないって顔のノア君なんて初めて見たよ」

「うるせえ」

「へへ、冗談冗談。別に全然怒ってないよ」

「そうなのか？」

ニーナはくるっと身体を回転させると、俺の顔を覗き込んでくる。

「もちろん。ノア君は変な言い訳するタイプじゃないしね。それにノア君がどれだけ優しいかも知ってるから。理由もなくノア君が私を放っておいたりしないのはわかってるよ」

それはちょっと違う気もするが……。

「そんな信頼されるタイプか？　自分で言うのもなんだが」

「そうかな？　出会った時からノアくんはそういう人だったよ。きっとどこかでまた人助けでもしてたんでしょ？　私の時みたいにさ」

「……」

「ふふ、言わなくていいよ。反応が面白いからちょっとからかってみただけだから」

「おいおい、勘弁してくれよ」

「あはは、珍しい顔も見れたしね。これでチャラ！　だからそんな気にしたような顔しないで？」

そう言い、ニーナはニコっと笑う。

さすがに微塵も怒ってないってわけじゃないだろうに。

ここはその優しさに甘えよう。

「はは、さすがニーナだな。ありがとな」

「へへ。それよりほら、残りの時間楽しもうよ！　そろそろパレードはじまるよ。大道芸人の人たちが街を練り歩くんだ。ほら、人だかりがあるでしょ？」

ニーナが指をさした先には、人がびっしりと並んでいた。子供を肩車する親子や、近くの商店の店主たち。色んな人々が並んでいる。

その奥のほう、大通りからは松明の光がぼうっと灯っており、それが宙を舞ったり、くるくると回転したり、縦横無尽な動きを見せている。

「ささ、見に行こう！　観光はこれで締めようと思ってたから、ちょうどよかった！」

そう言ってニーナは俺の腕を引っ張ると、ぐいぐいと進んでいく。

人ごみの切れ間を探し、やっと見つけるとニーナは中へと入っていく。

「見て！　すごいあの人、身体柔らかい……うわ、凄い……！」

「すげえな。魔術じゃねえんだろ？」

「そう、大道芸なの！　だからすごいんだよ！　ほら、あの人踊り綺麗～可愛いなあ」

様々な離れ業を放ちながら、大道芸人のパレードはゆっくりと進んでいく。

火を噴き、松明のジャグリングをし、踊り子が舞い、積み重ねられたボールの上を転がるように人が歩く。

俺たちはそのパレードを存分に楽しんだ。

割れんばかりの歓声と響く歌声。

そのパレードが徐々に離れていき、俺たちの目の前から光が消えていく。パレードの明りが消えると、既に辺りは真っ暗だったことに気付く。

それは、同時にこの王都の案内も終わりが近づいていることを示していた。なんだか今日は本当に濃い一日だった。誰にも言うことのないであろう、隣国の皇女との異文化交流。彼女は歓迎祭に来るんだろうか。

そしてニーナに案内してもらった王都。途中から分かれちまったが、楽しかった。

冒険者の頃は任務から任務へ、シェーラの課題をこなすためにひたすらに戦ってきた。こんな楽しむだけの（まあテロリストと一戦交えはしたけど）日なんてほとんどなかった。それも同い年の奴と。これもシェーラの狙いなのか？

——まあこんな一日がたまにあってもいいかな。そう思える一日だった。

「ねえ、今日はどうだった？」

「楽しかったよ。ありがとな」

「ふふ、良かった。また来ようね。次はもっとディープな王都を案内してあげるよ」

そう言ってニーナは笑った。

◇　◇　◇

お祭り騒ぎも過ぎ去って、普段の様子を取り戻した王都。

人々は各々の仕事や生活へと戻り、日常が再び時を刻み始めていた。

そんな王都を出発し、土煙を上げながら進む馬車の大所帯。青い旗をはためかせながら、一行は東へと向かう。

その長い列の中央付近。三台並ぶひと際豪華な馬車の最後尾に位置する馬車の窓から、淡い青色の髪が風に靡いている。

色素の薄い透明感のある肌。クリっとした大きなエメラルドの瞳に長い睫毛。

まさに、絶世の美少女。

〝氷雪姫《レヴェルタリア》〟——アイリス・ラグザールである。

往路では浮かなかったその表情だが、帰路でのそれは違っていた。目をキラキラと輝かせ、後方に離れていく街の影をひたすらと眺めている。

「アイリス様。満足そうですね」

隣に座る侍女がそう声を掛ける。

「そう見える？」

「ええ、もちろん。この国に来るときはあんなに浮かない顔をしていたのに」

「そんなことないわよ。来るときも一緒だったわよ、まったく」

そう言って、アイリスは少し頰を膨らませて口を尖らせる。

とはいえ、本人もその違いははっきりと理解していた。そして、その原因も侍女のエル・ウェイレー共々当然わかっていた。

密かに王宮を抜け出して起こった小さな事件。本来ならば大事件となっていたであろう出来事だったのだが、そこで出会った少年の活躍で呆気なく解決を迎えた事件。

その少年との出会い以降、アイリスの顔は常に生き生きとしていた。王宮を抜け出す前と後では明らかに違っていた。

侍女エルに言わせれば、アイリスは愛想の良いほうではなく、群がる男たちに対してもそれほど笑顔を振りまくでもなく、ある種自分の分を弁えた行動をする少し大人びた少女である。

しかし、王宮の外で出会った少年、ノア・アクライトに対しては等身大の少女だった。助けられたという要因が大きいこともさることながら、恐らくは彼の下心のない接し方が、アイリスには新鮮に感じたのだろう。

そして、それが一番大きくわかりやすく出たのが、彼と別れる最後の行動。

それを思い出しては、アイリスは夜な夜なベッドで足をバタバタとさせ悶えていたのをエルは間近で目撃していた。そんな恥ずかしがるなら勢いでやらなければいいのにとエルは心の中で思っていたが、エルとしてもアイリスの素の部分が自分以外の人物に対して初めて出た行動だったような気がして、茶化すことはできなかった。

「そうですか？」

エルは呆れたように、それでいて少し愛おしそうに溜息を漏らす。

「……そうよ」

「まあいいですけど。スカルディア王国はどうでしたか？」

少し間を開けて、アイリスは小さな口を開く。

「思っていたよりは楽しかった……かも」

「……ノアさんですか？」

「な！」

名前が出た瞬間、アイリスの髪がぶわっと浮き上がり、頬がわずかに紅潮する。

しかし、あの最後の行動を見られているとわかっているからか、アイリスは無駄な抵抗をすることを諦めゆっくりと首を縦に振る。

「女の子みたいですね」

「わ、私は元から女の子よ！」

「ふふ、私は嬉しいですよ。アイリス様が楽しそうで」

「何よもう……。いいじゃない！　そりゃ気になっちゃうわよ！　世界が変わっちゃうわよ！」

開き直ったように声を荒げる。

「そうですね。そうかもしれないです」

アイリスは腕を組み、ふんと居直る。

「私、絶対歓迎祭応援に行くんだから」

「確かにそう約束しましたけど、皇帝陛下がお許しになるかどうか……。流石に王宮を抜け出した時のように気軽にできるものじゃないですよ？」

「きっと大丈夫よ。私に興味ないかもしれないけど、きっとなんとかしてみせるわ！　絶対またノアに会いに来るんだから！」

そう言い切り、アイリスはぐっと拳を握ると覚悟を新たにする。

ここまで自分を前面に出すアイリスは、エルでさえ見たことがなかった。

それを感慨深く思ってか、エルの顔も思わずほころぶ。

「そうですね。また会いに来ましょう。きっと彼も喜んでくれますよ」

「そうに違いないわ。私と結婚したがる男性なんて沢山いるんだから」

「自分で言いますか」

「いいもん、何とでも言うといいわ！　いつかノアには私の騎士になってもらうんだから。今はまだノアは私の騎士にはなってないけど、私の友達だから！　その第一歩は達成してるわ」

アイリスは誇らしげに胸を張る。

第一歩。アイリスにとっては本当に大きな一歩だ。

帝国に帰れば沢山いる友達も、そのほとんどは政治的な関係だったりする。逃れられない宿命。そんなアイリスにとって、自分の口から友達と言い切れる関係は貴重であるのだ。

「――私、この国に来てよかったわ。……また絶対来るわ」

その言葉には、確信めいたものが込められていた。

アイリスは窓の外に視線を戻すと、後方に去っていく王都の景色を再び目に焼き付ける。

自分を〝最強〟と言い切る未来の騎士候補との再会を願いながら、アイリスはゆっくりと頬を緩ませる。

北の地は遠いが、またこの都に戻ってくることを夢見て。

二章　噂の英雄

「本当暑くなってきたわね……」

　少し面倒そうな顔をして、クラリスはリボンタイを外しシャツのボタンを少し開けパタパタと扇ぐ。そのシャツの隙間から白い肌が露わになる。

「ク、クラリスちゃん!?」

　隣に立つアーサーは、興奮気味に声を張り上げる。

「……何よ」

　鋭さを増した双眸が、ギロリとアーサーを睨みつける。暑いだけだから見てんじゃないわよ！　とでも言うような、無言の圧力。

　それに屈し、アーサーはアハハと苦笑いを浮かべるとクラリスから名残惜しそうに距離を取る。

「夏も近づいてきてるしな。暑くなってくるのも無理はない」

「そうだねえ。魔術演習の後だし普通に疲れてるのもあるけど」

　太陽は真上から俺たちを照らしつける。

　まだ夏というには早いが、春はそろそろ終わりを告げようとしていた。

　ニーナとの王都観光から数週間。

魔術の訓練に、魔術関連の知識の勉強、薬草学や、大陸史、簡単な基礎教養などなど……毎日が目まぐるしく進み、俺たちは完全にこの学院の生徒として馴染み始めていた。

そして、そんなレグラス魔術学院で、最近一つの噂が実《まこと》しやかに囁かれていた。

長い渡り廊下で、他のクラスの連中とすれ違う。

「知ってる!? 皇女様を救った魔術師がいるらしいわよ!?」

「知ってる知ってる！ しかも、この学院の人なんでしょ？」

圧倒的な力で氷雪姫《レヴェルタリア》を助けた魔術師がいる。そう騎士たちの間で噂になり、それが一部の貴族や名家で噂になり、そしてそれが街に流れた。

噂では、この学院の制服を着た魔術師、とだけ広まっていた。

他にも色々な特徴が噂されていたが、そのターゲットとなった〝赤い翼〟は帝国が身柄を拘束して国に送還したため詳しいことはこの国ではわかっていなかった。

だからこそ、その程度の信憑性の低い噂なのだが、当時直接リムバの森へ向かった王国騎士が、確かに学生服を着た男にやられたと赤い翼の何人かがこぼしていたのを耳にしていたのだ。

その噂がじわりと広まったようだった。

その話題は当然渦中のこの学院でも持ちきりで、数週間経った今でも誰がその人物なのか、なぜ黙っているのか、話の種になっていた。

「――ノア君」

「ん？」

ニーナはつんつんと俺をつつく。

クリッとした目で、じーっと俺を見上げる。

「なんだよ」

「さっきのさあ……ノア君じゃないの？」

「またそれか」

ニーナは少しからかうような、楽しそうな顔で言う。

ニーナはその話題が出た当初から、俺がその氷雪姫《レヴェルタリア》を救った人物じゃないのかと勘ぐっていた。それもそのはず、なんせちょうどその噂の事件が起こった日、俺たちは街にいて、そして綺麗にはぐれていたのだから。

しかも、俺の言い訳が言い訳だけあって、俺が誰かを助けていたのは明白だった。当然、その時はニーナも自分と同じようにまた人助けしているのだろうと思っただろうが、まさか皇女だとは思ってなかっただろう。

ここにきてその噂が上がり、ニーナは完全に俺だと睨んでいるのだ。

「——俺は違う。何度聞かれてもな」

「……ふーん」

わざわざ言う必要もない。面倒ごとは避ける。

「……まあいいけどね。そのうち本人が名乗り出るだろうし」

「はは、そりゃどうかな」

「やっぱり怪しい……」

ニーナはじとーっと俺を見つめる。

そんなこんなで俺たちは昼食をとりに食堂へと足を運び、いつもの席に腰を下ろす。

「ふぅー、疲れたぜ。朝から飛ばしたなあ」

アーサーはぐーっと身体を伸ばし、ふぅっと大きく息を吐く。

「あんた体が弱すぎるわよ、まったく。この程度で疲れたとか」

「は、はあ!?　ちげえよ、これはあれだ、ただの鳴き声みてえなもんだろ!?　本当に疲れたわけじゃねえし!」

「どうだか……」

「まったく……そういや、そろそろだな、ノア」

「何がだ？」

アーサーはニヤニヤと口角を上げる。

「おいおい、忘れたのか？　歓迎祭だよ、歓迎祭！」

「あぁ、そうだったな。忘れてるわけねえさ」

もちろん、忘れてるわけがない。俺が最初に超えるべき目標。シェーラからの課題を達成するには避けては通れないイベントだ。ここで俺は力を見せつける必要がある。

「本当かよ……」

「当然だろ。俺の力を見せつけるチャンスだからな」

「ふふ、残念ね。そこで私があんたより上とわかるわけよ」

クラリスは不敵な笑みを浮かべ、俺を見つめる。

その目には自信があふれていた。

「はは、クラリスも強いからなあ。せいぜい俺を退屈させないでくれよ？」

「あんたねえ……！　もう勝った気でいるんじゃないでしょうね！」

俺は肩を竦める。軽くあしらったほうがクラリスのやる気も上がることは性格的に想定済みだ。

「はは、随分と余裕じゃねえかノア、そんなんで良いのか？　――と言いたいところだが、これまでの活躍を見るとなあ……」

アーサーは呆れたように苦笑いする。

「その自信も根拠があるのが憎い」

それにクラリスが反論する。

「ふん、あんたはそうやってやる前から決めつけているといいわ。私だって元A級の冒険者。ノアに劣ってるなんて微塵も思ってないわ」

「いいねえ。そうこなくっちゃな」

「お、俺だってそうだよ！　名家に返り咲くんだ、ノアだろうと負けられねえよ！」

「それに、ノアに勝てば間接的にあの人に……」

「あの人？」

「ねえノア、あの人は来るの？　師匠は」

師匠……シェーラ――じゃなくて、こいつが言ってるのはヴァンのほうだろうな。

「いや、来ないだろ。こんなところには興味はないさ」

そりゃそうだ。ヴァンは俺自身だからな。来るわけがねえ。

「……何だつまらない。私の実力を見てもらいたかったのに」

クラリスは珍しく子供のように口を尖らせる。

「ノアの師匠に興味あるのか？　クラリスちゃん」

「あんたには関係ないでしょ！」

「えぇ……」

「あはは」

「ニーナは歓迎祭どうなんだ？」

「私？」

「あぁ。無理して入学してきたんだ、何かあるんだろ？」

するとニーナはうーんと眉を八の字にする。

「多分お母さんとかも来るし、この学院に私が進んだのは間違いじゃなかったって見せつけないといけない……とは思ってるよ」

ニーナは恥ずかしそうに笑うが、その顔は本気だった。本気で勝とうとしている。そういう顔だ。

俺もニーナの入学を手助けした身として、気になるところではある。

「そうか。ま、召喚の奥の手もまだあるんだろ？　楽しみだぜ」

「ふふ、私が勝っても恨みっこなしだよ！」

「やべえ……ニーナちゃんもクラリスちゃんもやる気満々だな……。他の連中もかなりやる気上げてきてるし……」

「たしかに最近の魔術の授業は白熱してるな」

「あぁ……くそ、俺も負けてらんねえ!!　この学院のトップを目指すんだ、お前にも負けねえからなノア！」

「いいね、見せてくれよお前の本気」

「私は君の本気も見てみたいなあ、ノア君」

「え？」

不意に背後から声をかけられ、俺たちは全員そちらを向く。

それは魔性の女という言葉がぴったりの女性だった。

すらっとしていて、出るところは出て締まるところは締まっている、まさに美女。シェーラにも匹敵しそうな美人だ。

青い長い髪を靡かせ、その女性は悪戯っぽい満面の笑みでそこにいた。

「ねえねえ、お姉さんにだけこっそり見せてよ、本気の君をさ」

「……誰、この人？」

クラリスが少し怪訝な顔で俺に問う。

その奥で、アーサーは興奮した様子で目を光らせる。

「め――――めっちゃくちゃ美人じゃねえか!! どこのどちら様でしょうか!? ノアの知り合いか!?」

「いや、違うが…………誰ですか？ 何か用でも？」

「いやん酷い。忘れちゃったのノア君。あんなに深い関係だったじゃない、私たち」

そう言って女はくねくねと身体をくねらせ俺に頬を近づけると、パチンとウィンクする。

その光景に、アーサーのみならず、ニーナやクラリスまでもが愕然と体を震わせる。

「なななななな何を破廉恥な!! ノ、ノア君がそんなわけないでしょ！」

「そそそ、そうよ、いかれてんじゃないのあなた!?」

「深い関係……いつの間に!? 羨ましすぎるぞノア!! どうなってんだ！ 説明しろ！」

「お前ら……」

慌てだすアーサーたちに、俺は溜息を漏らす。

まったく、ぎゃーぎゃーと……。何をそんなに騒ぐんだ。こんなのどう考えてもただのジョークだろ。それとも何か、俺はそういうことをしてそうに見えるのか？ そんな行動をしてたつもりはねえんだが。

「仲間からの視線が痛いんで面倒な冗談はやめてもらってもいいっすかね」

「えーつれないわねー」

　女はつまらなそうに口を尖らせ、顎に手を触れて小首をかしげる。仕草一つ一つが、変な魅力を醸し出している。

「反応も全然しれーっとしてるし……お姉さん残念。さては君、女性経験あるわね？」

「「!?」」

　ニーナたちは衝撃で僅かに身体を仰け反らせ、チラとこちらを見る。

「おいおい……そんな目で見るな。んなわけねえだろうが」

「だ、だよね……。何かこの人意味深だからつい……」

「勘弁してくれ……俺だって困惑してるんだよ」

「困惑だなんて酷い。ふふ、でも面白い子たちね。お姉さん嫌いじゃないぞ」

　警戒心を持つニーナ、クラリス。その一方で、アーサーは幸せそうにその女の一挙手一投足に視線を泳がせていた。

　まぁ確かに、シェーラに近い魅惑を持つんだ、男なら仕方がないかもしれないが……アーサーは女には気をつけたほうがいいな、のめり込んで身を滅ぼすタイプだ。

　だが、このまま好き放題言わせてても埒が明かない。

　さっさと本題に入らせるか。

「――で、結局あんた何者だ？」

「まあ君がそんな感じでドライなのは予想通りだったけどね。――私はフレン・オーギュスト。三年よ」

「オーギュストって……あの超名家の!?」

アーサーは合点がいったといった様子であんぐりと口を開く。その隣のニーナも、アーサー同様その名前を知っているようで察しがついたというような顔をしている。

「〝千花〟のフレン……さすがの私も知ってるよ……」

「わー、私って結構有名人？」

女――フレンはハニカミながら言う。

「みたいっすね」

「でも、君もでしょ？」

「は？」

「リムバの演習での噂は私たちのほうにも広まってきているし、それに………ねえねえ、君なんでしょ？　氷雪姫《レヴェルタリア》の件。皇女様を救った王子様って」

フレンは、ニヤニヤと口角を上げながら俺の頬をツンツンとつつく。明らかに楽しんでいる様子だ。

「……やめてくれ」

「きゃーやめてくれ、だって。クールだねえ。他の子は照れちゃってデレデレするのに。――いいね、君。お姉さん君のこと気に入ったよ。それに、強い子は特に大好き」

「そりゃどうも」

浮かべる笑みに、薄っぺらさを感じる。こいつはかなり軽薄な感じだ。自分が楽しみたいだけ、そんな感じがヒシヒシと伝わってくる。

「ねえねえ、実際どうなのさ。私、凄い興味あるんだけど」

「だから俺じゃないですって。見当違いですよ」

「そうかなあ？　あの事件の日、君が校外に行っていたのは知ってるんだよ？　目撃してた人がいてね」

下調べ済みか……名家なら色んなところに顔が利くのか……？

「……休みなんだ、外出てる人くらいいくらでもいるさ」

「あは～、そうなんだけどね。でも」

そう言って、フレンはとんとんと自分の頭を突く。

「私の女の勘が君だって言ってるんだよねえ。あの脳筋のドマがやたらと気に入ってるっていうのも気になるし。それに、現場には雷魔術の痕跡が残っていた。偶然にしては出来過ぎてるわよね～」

「……」

「ねえねえ、だからさあノア君。君なんでしょ？　ねえねえ、私にだけ教えてよ～お姉さんに教えてよ～」

と、フレンは目を細め、悲しい顔をして俺にすり寄る。猫撫で声で、甘えるように。

――とその時、クラリスががっと俺の顔を突くフレンの手を掴む。

「あらら？」

ほぼ同時に、反対側の手を今度はニーナが掴む。

「い、いい加減にしてください！　ノア君が嫌がってます！」

「誰か知らないけど、非常識よあなた……！」

「普通にお願いしてるだけなんだけどなぁ」

「なんか……なんかあなたはダメです!!　健全じゃないです！」

「えー何、嫉妬？」

「なっ……！」

ニーナはぼっと顔を赤くし、慌てて後退する。

「そ、そんなわけ……」

「あはは、可愛いね。——まぁいいわ、君のスタンスはわかったわ、ノア君」

「そうなんすか？」

「うん。まぁでも、手柄を誰かに横取りされたくなかったら早く名乗り出たほうがいいと思うけどね」

「どういう意味っすか？」

「学院には手柄を喉から手が出るほど欲してる奴が沢山いるってこと。まぁ、興味ないならいいけどね？」

そう言って、フレンはぐるっと踵を返す。

「じゃあまたね、ノア君。次はもっと楽しい話しましょ。——あぁ、そうそう。私のお兄ちゃん、騎士団に所属してるの」

そう言い残し、フレンは楽しそうにスキップしながら俺たちのもとを離れていく。

「騎士団……どういう意味だ？」

アーサーはキョトンとした顔で俺を見る。

「さあな」

騎士……。あのリムバにきた騎士の中にあの女の兄がいたってことか。遠回しなこと言いやがって。

ということは、そこからの生の情報……だから俺にあたりを付けてきたってわけか。

「ああいうタイプは女に嫌われるのよ、むかつくわまったく」

クラリスはむっとふくれっ面をする。

「おいおい、すげー美人だったじゃねえか！　僻みか!?」

「あんた本当……あんたは……」

クラリスはガックリと肩を落とし、大きくため息をついた。

◇　◇　◇

「いよいよ始まるわ」

Aクラスの担当教師エリスは、不敵な笑顔で俺たちを見回す。

その空気に、クラスメイトたちはなんの話なのかを察し、体を前のめりにして耳を傾ける。

待ちに待った、歓迎祭だ。その季節が近づいてきた。

新入生による戦いと、その優勝者と二年生の代表によるエキシビションマッチ。そして、今年はどんな才能が入学してきたのか、学院内外から見学するのを兼ねた一大イベントだ。

その注目度は、エリート校ならではらしい。

「来たねぇ、とうとうよぉ。かっかっ！」

ヒューイ・ナークスは、その目を細め楽しそうに笑う。

既にあのリムバで負った生々しい怪我は回復魔術により完治し、以前のように健康そのものだ。

今ではこの通り、前のような軽薄さをしっかりと取り戻している。

「優勝は俺だろうなあ。悪いが雑魚に出番はねえ。これは親切心で言ってるんだぜ？」

すると、クラリスが鼻で笑うように声を上げる。

「あんたは森で一回死にかけてるでしょうが。良くそんな自信満々に言えるわね。身の程を知りなさいよ」

ヒューイとクラリスの視線がぶつかる。

「あぁ？　おー怖い怖い。さすがはA級冒険者様だ。さぞかし自分は自信満々なんでしょうなあ」

「当然よ。あんたたちなんか眼中にないわ。狙うは優勝のみ。あんたたちとは潜ってきた修羅場が違うのよ」

　と、クラリスはいつも以上に強気な発言で周りを突き離す。相変わらずだな。

「くっはっは！　修羅場ねえ！　舐めてもらっちゃ困るぜ……。知能もねえただ暴れるしか能のないモンスターと散々戦ってきたかもしれねえが、人間同士の戦いはお前たち冒険者よりも断然俺たちに利があるぜ？　そんなこともわからないおばかさんじゃないよなあ、クラリス！」

「所詮は同じ魔術戦闘よ、キマイラ如きに遅れを取るあなたと一緒にしないで」

「如きときたか！　俺を助けたノアならまだしも、何も関係ないお前がよく言えるな」

　その言葉に、地雷を踏んだのかクラリスの顔が引きつる。

「……わ、私はA級冒険者！　等級通りなら倒せない相手じゃないわ！　私がその場にいたら私が倒していたんだから！」

　クラリスは声を張り上げる。

　事実、A級冒険者がキマイラを討伐する任務に就くことはある。だが基本はパーティを組んで行うのが当たり前で、役割を決めて戦うものだ。恐らくクラリスも例にもれなくそうだったのだろう。あの様子だとキマイラとは戦ったことはなさそうだが。

　しかも、あれはかなり狂化され育成されたキマイラだった。実際クラリスが遭遇してても倒せたかどうか……。

「二人だけで盛り上がってるけどさあ、私もいるんだよね」

そう後ろの席から声をあげるのは、モニカだ。

天才肌で、努力なくこのクラスにいて遜色ない実力をもつ女。

「おや、モニカの嬢ちゃんもやる気満々か？　痛いこと多いぜえ？　やめといたほうがいいと思うがね」

「うっさいわね。さすがにこのイベントは抑えるしかないっしょ。あんたらと違って私はその気になればなんでもできるの。天才なんだから、優勝して当然。あんたらは適当に私の活躍をお膳立てしてちょうだい」

ふんと鼻を鳴らし、自分の言い放った言葉に満足げに頷くと、モニカは腕を組む。

小柄な体の割りに、大きな態度だ。

その言いっぷりに、ヒューイはヒューっと口笛を鳴らす。

「モニカ嬢は相変わらずなこって」

「どいつもこいつも……！　いい!?　勝つのは私！　それ以外ありえないから！」

「お前らだけだと思うなよ！」

「調子のんな、ヒューイ、クラリス！」

と、教室中が俺が私が優勝すると声が上がり始める。

「はは、面白いことになってきたな」

隣に座るレオは、楽しそうにその議論を眺める。

「止めてやったらどうだ」

「何でだ？　エリートと呼ばれるこの学院に入学してきた魔術師のプロフェッショナルたちが、自分こそが一番だと信じて疑わずに誇りをかけて勝利宣言をしているんだ。これほど美しい光景もないだろう？」

「いや、意味わからねえけど」

「はは、これは失敬。……けどそうだな。僕に、ニーナ、ヒューイにモニカ、クラリス……それにナタリー辺りは勝ち上がってもおかしくないな」

「へえ、そうなのか？」

「はは、僕は魔術師を見るのが好きだからね。こう見えても、客観的な眼を持っているつもりだ。そして特に注目しているのは――」

と、レオは俺を見る。

「君だ」

「俺か？」

「あぁ。入学早々あの氷魔術の名家であるルーファウスを打倒しているしね」

「よく俺とルーファウスが戦ったのを知ってるな」

「まあ、僕にもいろいろと情報網があってね。でも安心してくれ、別に言いふらしたりはしていないよ。バレたら問題だからね」

「そりゃどうも」

「それに、リムバの演習ではキマイラを単独撃破……これで注目するなと言うほうがおかしな話さ。皆あえて触れていないだけで、君のことは相当意識しているはずだ」

「ははは、願ったり叶ったりだね。まとめて相手してやるさ」

「ふははは！　凄い自信だ。君にますます興味湧いてきた。是非とも本戦で君と戦うのは僕であって欲しいものだ」

恍惚とした表情をするレオ。

どうやらこいつも俺が思っている以上に異常な奴なのかもしれない。

ただ、このクラスだけで戦うわけじゃない。

他の二クラスも相手するんだ、ここに名前の挙がっている奴全員が本戦に行けるとも限らない。

だが、俺が優勝することは決まってる。最強魔術師として、それだけは譲れねえ。悪いが、誰にも活躍するチャンスはねえぜ。これが俺の実力を見せる最初のチャンスだ。シェーラからの課題。暴れてくること。手始めに優勝してやるさ。

俺は不敵に笑う。

その顔を見ていたニーナが、びっくりした顔ではわわと体を震わせる。

「ノ、ノア君!?」

「はは、楽しくなってきたじゃねえか。お前も本気でいけよ」

と、一通り教室が騒がしくなった辺りで、エリスがパンパンと手を叩く。

「――ほら、そろそろいいかしら？　じゃあ、歓迎祭について説明するわよ。新入生九十名。

歓迎祭は、名目上は新入生のお披露目会。魔術関係者やレグラス魔術学院というエリート校の関係者に、今年も最高峰の魔術師の子たちが入学したと知らしめるためのものよ。もちろん、あなたたちの歓迎をするという目的もちゃんとあるけどね。あなたたちもわかっていると思うけど、ここで力を発揮することは今後の人生においても重要な役割を担うわよ。魔術関係者の目に留まれば、目をかけてもらうことだって可能だし、その場でなんらかのオファーを受けることだってあるかもしれない。過去、この歓迎祭の優勝者は皆大物になっているわ。もちろん、在学中に花開くことだってあるから、優勝できなくてもそこまで悲観する必要はないけれど、この歓迎祭が努力するきっかけになったという人も少なくないわよ。――ようは、ここで現実を知るの。今まで名家だ貴族だと囃し立てられてきた者、あるいは地元では神童だと言われて育ってきた者、すでに冒険者として実績を残してきた者……交わることのなかった才能が激突する。楽しみでしょ？　今の自分を試したいでしょ？」

少し挑発的に言ってみせるエリスに、クラス中はやる気に満ちた目を見せる。

誰一人として、どうでもいいと思っている奴はいない。

――それでこそだ。全力を出してきたこいつらを倒して、シェーラとの課題の第一歩を踏み出す。対人戦、極めてやるさ。

「いいねえ、俺の求めていた戦いだぜ、先生ぇ！　怖ぇ奴は今のうちに対戦相手に言っておくんだな。俺はこの戦いで手を抜くつもりはねえ」

そう言い、ヒューイはニヤリと不敵な笑みを浮かべる。

「いいね、ヒューイ。君とも是非全力で戦ってみたかったんだ。君も僕のリストにいる人間のうちの一人だからね」

「あぁ？　くっくっ、気味悪いこと言ってんじゃねえよ、レオ。誰が相手だろうが俺が負けるわけねえ」

「あいつ、ノアに助けてもらったくせに調子いいこと言ってるぜ」

アーサーはケッと気に入らなそうに顔をしかめる。

「あはは……でもそんなこと言うのは良くないよアーサー君。ヒューイ君だってあれから大分まじめになったし、ノア君に恩義だって感じてるみたいなんだから」

「そ、そうだけどよ……」

「はは、まあでもあれも本心なんだろ。モンスターと人間は別だって思ってんのさ」

「そういうもんかあ？」

「事実、対人とモンスター相手とじゃ使う技術に差があるからな。それだけ自信があるのは悪いことじゃないさ。今度こそ自分の独壇場だと思ってるんだろ」

そう、相手は人間……モンスターと違い、考え、欺き、策を弄するんだ。

油断も慢心もしてはいけない。魔術は相性だってある。冷静に分析して、最短ルートで戦闘不能にする。対人戦に慣れている奴ほど、実力を覆す術に長けているのは想像に難くない。

だが……。

「――ま、優勝するのは俺に決まっているけどな」

「あはは、さすがノア君だね。そう言うと思ったよ」

「おいおい、俺を忘れてねえか？　俺だって入学式の時にトップを取ると誓った仲間だぜ？」

アーサーも自信満々に自分を指さす。

「はは、期待してるぜ」

「おうよ！　誰からも名前が出ないから拗ねてたとかじゃねえからな!?」

「わかってるって。奥の手もあるんだろ？」

「へへ、まあ見てな」

「歓迎祭の交流戦は、予選と本戦に分かれているわ。一日目が予選、二日目が本戦。予選は十一～十二名での同時に行われる勝ち残り戦よ。それが全部で八ブロック。そして、それぞれのブロックで最後まで勝ち残った者が、八名で本戦トーナメントを戦うの。関係者に名を売ったり、名を轟かせたかったら、何が何でも予選を勝ち抜くことね」

ということは、メインは二日目……。二日目の観客はすごいことになりそうだな。大抵の客のお目当てはこっちだろうからな。となると一日目はほとんど学院関係者だけか。

「皆既に努力はしているでしょうが、今までの成績なんて関係ないわよ。このために力を隠していた生徒だっているだろうしね。死ぬ気で頑張りなさい。私たち魔術師は、魔術の力でしか己を証明できない生き物よ。一緒に頑張りましょう」

こうして、しばらく歓迎祭についての説明が続き、エリスからの話は終わった。

伝統的な行事であり、一年の中でもかなり重要なイベント。今年は観戦を希望している人が多いらしいし、かなりの大物も観戦に来ると言っているらしい。一体誰が目当てなのやら。

このクラスのことは大体わかってきた。ニーナやレオ、ヒューイ、モニカにナタリー……あと一応アーサー。少なくともこいつらはなかなか強い。

だが他のクラスについてはほとんど接する機会はなかった。おそらくこのクラスに負けず劣らずの魔術師が眠っているのだろう。

対人戦……今まで何回か戦ってきていろんな意味でその難しさは理解してきたつもりだ。いろんな魔術も見られて、実際に戦える。——これはなかなか悪くない。

何より、シェーラからの課題だ。成し遂げないとな。俺がこの学院で暴れる……つまり有名になることになんの意味があるのかはわからないが、冒険者の時と同じことだ。やるなら頂点を目指す。半端はない。

——そろそろ、遠慮なく雷帝の力を見せてやるさ。

◇　◇　◇

「極楽ぅ〜〜〜〜」

アーサーは気持ち良さそうに目を瞑り、ふぅーっと深く息を吐く。

「相変わらず気持ちいいな……。俺の住んでたところにはなかったのが不思議だぜ」

「そりゃそうだろうよ。田舎にはねえさ、こりゃ贅沢品だ」

「こんだけ貴族様が多けりゃ、これくらいの設備は整ってるってわけだ。――あぁ……本当……疲れが取れるぜ……さすがレグラス魔術学院……」

俺は目を閉じ、立ち上る蒸気と微かに揺れる水面の振動を感じながらどっぷりと肩まで浸かる。

そう、この学院には大浴場が備わっているのだ。

男女に分かれており、学年ごとに時間帯は決められているが、その時間内ならば基本自由に入ることができる。

ローウッドなんて田舎にはそんな施設なんかなかったが、金持ちはこんな気持ちの良いことをしていたのか。

俺はとろけるような心持ちでゆっくりと沈み、首まで浸かる。

「疲れが癒えるねえ……」

「そうだな……」

「あはは！　ニーナちゃんたら」

「いやあ、もう……！」

「うふふ」

と、隣の女子の大浴場から、おそらくニーナと他の女子の声が聞こえてくる。

瞬間、ピクッとアーサーの体が揺れ、ゆっくりとこちらを見る。

あぁ、こりゃめんどくせえやつだ。

「なあ、ノア――」

「断る」

「まだ何も言ってないけど!?」

「ろくでもねえことには変わらねえだろどうせ」

「いいじゃねえか……！　青春だろこれも!!　頼む、なんかさあ、透視の魔術とかねえのか!?」

「なんだそりゃ……」

思いの外真剣な眼差しのアーサーに、俺は諦念のため息をつく。

「使えねえよ。てか、そんなくだらないこと考えてたらまたあとでクラリスにボコボコにされるぞ」

「されても本望だろ!!」

「お前なあ……」

「まったく、アーサーには呆れるね」

と、その言葉とともに俺たちの隣にザブンと浸かってきたのは――

「レオ……！　なんだ、聞いてたのか!?　お前も興味が!?」

「はは、あれだけでかい声だったら誰だって聞こえるさ。興味はないと言えば嘘になるが、さすがに分はわきまえてるさ。……というか、向こうにも聞こえてるんじゃないか？」

「なっ……」

瞬間、怒号が響く。

「アーサー！　あんたまた……風呂から上がったらぶっ飛ばすから!!」

「ク、クラリスちゃん……!?」

女子風呂のほうから響く。

「……どんまいだな」

「当然だろ」

「くそ……お、俺は逃げる！」

そう言ってアーサーは勢いよく風呂から飛び出すと、一目散に脱衣所へと逃げ込んでいく。

残されたのは、俺とレオ。そして、他のクラスの一年生が数名。

少しの沈黙の後、レオが口を開く。

「……ほう、なかなかいい筋肉だな、ノア」

「気色悪いこと言うな」

「酷いな、褒めているんだぞ？」

「風呂場で言われるとなんか気色悪いんだよ」

「はは、悪かったよ。──で、どうだ？」

レオは俺のほうを見る。

「何がだ」

「歓迎祭さ」

「どうもこうもねえよ」

「噂によればえらい大物を助けたそうじゃないか」

「…………誰に聞いた？」

「フレンさん」

「あの女…………」

するとははははとレオは笑う。

「〝千花〟のフレンさんを、あの女呼ばわりとはさすがだな」

「はっ知らねえよ、俺にとっちゃただの上級生だ」

俺はそう言い、肩を竦める。

「君らしいな。……君はつくづく上級生の有名人と縁があるな。ドマさんに、自警団のハルカさん、加えて〝千花〟のフレンさんだ。みんな君のことを認めているよ」

「ま、少なくとも俺の強さを認めるのはそいつが強い証拠だな」

「はは、さすがだな。他の新入生なら彼らの名前を聞けば直立不動で恐れる強者たちだ。それをそこまで言ってのけるとは……僕のリストのトップだけはある」

そう言ってくっくっとレオは笑う。

イケメンのくせに、どことなく影の漂う笑い。リスト……昼間もそんなこと言ってたな。下手に突っ込むと面倒そうだから無視するが……。

「言っておくが、噂はただの噂だぜ」

「そうか。でも、噂は置いておいても、優勝、目指してるんだろ？」

「当然だ……お前はどうなんだよ？　さっきから随分人のことばっかじゃねえか」

「僕か？　もちろん、優勝するつもりだ。ノア、君を倒してな。他の人ばかり話すのは、僕がいろんな魔術師を見るのが趣味ってだけだ。彼らの魔術が輝くのが見たいのさ」

「変わってんな」

「君が強さを求めるのと一緒だよ。それに、優勝するならうちのクラスだけ知っていてもだめだ。確かにうちのクラスは粒ぞろいだ。でも、他のクラスにも強者がいるのは事実だ」

「そうだろうな」

「君が入学して間もない頃に倒したあのルーファ――」

と、その時、ちょうど風呂に浸かろうとしてきた男と目が合う。

「あっ」

「貴様………ノア・アクライト……!!」

鬼のような形相でこちらを見つめ、睨みつける様は怒りや憎しみがこもっていた。

「ルーファウスじゃねえか。元気だったか？」

あの決闘以来、俺たちはほとんど顔を合わせることはなかった。

最初に出会ったころのように突っかかることもなかったあたり、少しは考えを改めたのかもしれない。……まあ、平民は認めないとか言ってたからどうかは知らないが。

俺を見るルーファウスの目は確かに憎しみが籠っているが、それは純粋に会いたくなかったというか、そういうタイプのものにも見える。本人はどう思っているかは知らねえが、少なくともこいつがあれ以来平民を虐げているような噂は聞かない。

「………出る」

ルーファウスは踵を返すと、風呂に浸からずに俺たちから距離を置こうとする。

まあ、気まずいわな。ここは追わないで――とその時、隣の男が声を掛ける。

「まあ待てよ、ルーファウス」

その声に、ルーファウスがピタと動きを止める。

「……何だ貴様」

「僕か？　僕はレオ・アルバートだ」

その時、ルーファウスの顔が僅かに動く。

「ちっ、アルバート……アルバート侯爵家の者か」

「はは、僕を知ってるのか？」

「当然だろ。貴族で名がある奴はチェックしている」

「……なあノア、彼は意外といい奴か？」

「平民嫌いなだけなのさ。別にそれ以外はどうということはねえ。ちょっとプライドが高いだけだ」

「てめえ……！」

「まあまあ、少し話そうじゃないか」

しかし、ルーファウスはフンと鼻を鳴らす。

「貴様らと話すことはない。これから予定がある」

「魔術の修行か？」

「……なんでもいいだろ」

「はは、随分と俺との戦いが堪えたみてえだな。あのルーファウスが修行とは」

ルーファウスは少し顔を紅くし慌てた様子で声を荒げる。

「さ、さっきから生意気な……!!　何でもいいだろう!!　だから俺は貴様が嫌いなんだ！」

「相変わらず元気はありあまってんな。言い方が悪くなったのは謝るから落ち着けよ。前も言っただろ、俺は特に気にしてねえって。そりゃあ少しは気まずいかもしれねえが、別に今だって俺はお前を憎んでたりなんかしねえぜ？　下手に絡んでさえこなけりゃな」

「貴様のような平民のことなど知らん、これは俺自身の問題だ。平民が嫌いなことに変わりはない。……ただ、ムカつくことに貴様みたいな奴も中にはいると悟っただけだ。十把一絡げにするものじゃないと……だからと言って平民と仲良くするつもりは毛頭ない」

その言葉に、レオは大きく頷く。

「結構な向上心だ！　そして自分を改め始めている！　僕は君のことを深くは知らないが、聞いていたよりまともそうだ」

「うるさい。アルバート家は確かに貴族だが、別に俺は貴族なら誰とでも仲良くするというつもりもない。魔術のできる奴は皆敵だ。悪いが俺は出ていく。じゃあな」

「……逃げるのか？」

俺はニヤリと口角を上げ、ルーファウスの背中にその言葉を投げる。

まあ別にこいつと話したいわけじゃねえけど、何となく弄りたくなる性格に見えてきた。これくらいの挑発で振り返る、こいつはそういうタイプだ。

何より、確かに平民を見下すようなクズは嫌いだが、その気配も少なくなったし、魔術に対して向上心がある奴は嫌いじゃねえ。

「……ッ！」

予想通り、ルーファウスは苛立った顔で俺のほうを睨みつけると、無言でずかずかとこちらへ歩み寄る。

バシャッ！　っと水しぶきが上がり、ルーファウスはレオの隣へ勢いよく座り込む。

それを見て、レオと俺は顔を見合わせる。

「はは、頑固だねえ」

「黙れ」

「注目している奴はいるか？」

「俺様が優勝する。それ以外に興味はない」

「とはいっても、少しは気になる奴はいるだろ？」

「しつこいぞ」

「ちなみに、僕はノアだ。もちろんアルバート家として僕もだまっちゃいないが」

「…………」

しかし、ルーファウスは自分に益はないと判断したのか、目を瞑り話を聞こうとしない。

やれやれ、頑固なもんだまったく。俺に煽られたから座り込んだだけか。

「なあ、レオ。貴族で他クラスにもお前たちくらいの実力者っているのか？」

「もちろん。牢獄魔術を使うバラージュ家長男ハミッド・バラージュ、強化魔術を極めた大男ムスタング・オーディオン。剣蒐集家としても有名なアザイル家次男、魔剣使いのリンネ・アザイル、水魔術の使い手キング・オウギュスタ……挙げればきりがないな。だが彼らは頭一つ抜けてるかもな」

そこで少し我慢ができなかったのか、ルーファウスが肯定するように頷く。

「奴らは俺様同様、貴族たちの間では神童と呼ばれていた連中だからな」

「さすが貴族のこととなると饒舌だな」

「黙れ。俺はアルバートに話してるんだ」

「そうかよ」

と俺は肩を竦める。

「そうだな……彼らは僕たちのクラスの皆と同様かなり輝いている」

「か、輝いてる……？」

レオの発言に、ルーファウスは若干引き気味に反応する。

「強い魔術師は素晴らしいからな。歓迎祭が楽しみだ」

「……はっ、その意見には俺様も賛成だ。……だが、今年の新入生にはやばい奴が一人いる」

「やばい奴？」

あのルーファウスが手放しで相手を警戒するとは、相当の実力者か？

「はは、ノアはそういうのに疎そうだから知らないかもな。君が一年生で飛び切り話題になっているのは確かだが、実は一人、入学前からその存在を噂されていたお嬢さんがいるのさ」

「へえ、お前がそうまで言う奴か」

「あぁ。重力魔術を操るサラブレッドさ」

重力魔術か。かなりレアな魔術だな。今までそれを使っている魔術師は見たことがない。高ランクのモンスターは時折重力球のようなものを使って攻撃してきたりするが、あれはかなり厄介だ。

それを使える魔術師か……。そりゃ話題にもなるな。

そこら辺の魔術師じゃ歯が立たないだろう。

「重力魔術ねえ。確かに話題性には事欠かねえな」

「お、珍しくノアも興味があるか？」

「そりゃな。というか、俺だって魔術師には興味あるさ。もともと多くの魔術師と戦うためにここに来たんだ。結構お前らの魔術を見るのは好きなんだぜ？」

「はは、悪かったな。自分こそが最強という感じだったから意外でな」

「そこは譲らねえけどな。で、その重力を操るお嬢様ってのは？」

レオはニッと笑い、説明を始める。

「〝重力姫〟リオ・ファダラス。宮廷魔術師の母と騎士団の副団長を父に持つ魔術の名家の令嬢さ」

宮廷魔術師に騎士団の副団長……これはまたなかなかの。

「そりゃ相当な血統だな」

「リムバでのキマイラ討伐以来、ノアの実力の真偽は新入生を中心に密かに盛り上がりを見せていただろう？」

するとルーファウスはハッと鼻で笑う。

「俺様を倒したんだ、それくらいできてもらわないと困る」

どういう立ち位置だよこいつは。

「──それに加えて、帝国の皇女様を救ったと噂される学院生……俺だけじゃなく、それはノアなんじゃないかと睨んでる学生もちらほらいる」

「いや、だからそれは──」

「いいから聞けよ。で、その重力姫もその候補に挙げられているのさ」

「……へえ。つまり、お前たち新入生の中では俺とそいつは同格扱いされてるってか？」

「という奴もいる、という話だ。ま、歓迎祭前の段階だ。本当に強いかなんて実績か家の名前、噂でしか測れないからな。だけど、そういうの燃えるだろ？」

燃える……か。確かに、対人戦を極めに来た俺にとって、同じような実力と見られている新入生はなかなかにありがたい存在だ。

ここまで多くの新入生を見てきたが、同じクラスなら数人、戦えば多少は面白くなりそうな奴はいた。だが、レオの発言からして彼らよりもその姫は頭一つ抜けているとみえる。

「くっく、いいねえ。歓迎祭で戦うのが楽しみな相手が増えた」

「おっと、そうなのか？　ノアのことだから全員雑魚過ぎて興味ないかと」

「おいおい、冗談だろ？　俺はお前と戦うのだって楽しみにしてるんだぜ、レオ」

「はは、それは光栄だ」

「もちろん、ルーファウス、お前もな」

不意の俺の言葉に、ルーファウスは苦い顔をする。

「なっ……気持ち悪いことを言うな。──ふん、せいぜい進化した俺に足元を掬われないことだな。既に俺はあの頃の俺を遥かに超えてしまっているからな」

「おぉ、怖いねえ。あれからどれだけ成長したのか、見せてみろよ」

「黙れ。今度床にひっくり返って見上げるのはお前のほうだ」

そう言うと、ルーファウスは勢いよく立ち上がり、風呂から出ていく。

「アルバート……それに平民のアクライト。貴様らは重力姫に当たる前に俺に潰されないことを心配するんだな」

「……おい、ルーファウス」

「今更平民呼びはやめんぞ」

「そうじゃなくて。忘れてたけどよ、様をつけろよ」

そう、俺は思い出したのだ。

負けたら様付けで呼ぶ。確かそんな約束を交わした記憶がある。

「貴様……！」

ルーファウスの顔が一気に険しくなり、俺を睨みつける。

その顔を見て満足した俺は、ニヤッと笑う。

「はは、冗談だよ。今更そんなちんけな約束なんてどうでもいいさ。ありゃ煽りたくて言っただけだしな。……楽しみにしてるぜ、本戦をな」

「ちっ……クソが。予選は眼中になしか……貴様はそうではなくてはな。本戦で叩き潰す、お前ら全員まとめてな」

◇◇◇

しばらくして、レオも風呂を上がり、俺一人のんびりとリラックスした後大浴場を出ると、聞き慣れた声が聞こえてくる。

「まったく、アーサーの奴次見かけたらボコボコにしてやるわ」

「怒りすぎだよクラリスちゃん。特に何をされたでもないのに」

「あいつの声はいやらしいのよ、まったく。存在がなんかうざいわ」

「もう……」

正面の椅子でニーナとクラリスが火照った体を冷ましに薄着でくつろいでいた。

しっとりと濡れた髪に、少しはだけた服から覗く鎖骨。赤く染まった頬。

見る人が見れば一気に欲情することは間違いない。

ここにアーサーがいなくて本当良かったと、俺は久しぶりにほっとするという感情を覚える。

「あ、ノア君！」

ニーナは俺を見つけると元気よく手を振る。

「おう、ニーナにクラリス」

「あんたねえ、アーサーの手綱握っときなさいよ」

「はは、随分嫌われたな」

「まったく……」

クラリスは編んでいた三つ編みを解いており、いつもより少し大人びて見える。

「若者たちよ。お姉さんは、もう少し性に奔放でも良いと思うんだ」

そう言いながら、不意にぎゅっと後ろから俺に抱き着く謎の女性。

背中には、むにっとした感触。濡れた髪が、俺の肩から胸にかけて垂れる。

良い匂いが鼻に刺さり、しっとりとした腕が俺の首の前で交差される。

「な、な、何やってるんですか!?」

「ちょ、ちょっとふしだらよあなた!!」

ニーナとクラリスが、慌てたように立ち上がり、全力で抗議の声を上げる。

「あんたは――」

「あら、だからもっと奔放でいいって言ったじゃない。いい魔術師を生むのもある意味血筋を重んじる魔術師の大事な責務よ～」

と、何ともっともらしいことを言っているが、どう考えても二人を煽っているようにしか聞こえない。

そう、その俺に背後から抱き着いてきたのは――

「……フレン先輩。放してもらえないっすかね」

「あら、満足しなかった？　何だか抱き着かれなれてるわね」

「慣れてる!?」

まあシェーラで大分耐性はついてるからなあ。

いいんだか悪いんだか……。

「……二人に殴られたくなかったからですよ。すげー怖い目してますよ」

「あら本当。ふふ、面白い関係性ね」

そう言い、フレンはパッと俺から離れる。

この人も風呂に入っていたのか、濡れた髪を簡単に片結びし、薄手のヒラヒラとした服装で誇らしげに立っている。まるで、見たければ見なさい、私の美貌を！　とでも言いたげだ。

「で、なんか用っすか？」

「用がなきゃ抱きついちゃいけないの？」

「ダメに決まってるじゃないですか!!」

俺より早く、ニーナが声を張り上げる。

その様子を見て、フレンはにやにやと笑みを浮かべる。

「可愛いわね、ニーナ・フォン・レイモンド……公爵令嬢ちゃん。お気に入りがベタベタされるのは気に食わないのかしら？」

「いや、その……なんというか……」

「ふふ、冗談よ冗談。そっちの元A級冒険者クラリス・ラザフォードちゃんも、そんな怖い顔しないで」

「してないわよ、まったく」

クラリスは腕を組みながらぷいっとそっぽを向く。

なんだか険悪なムードに、俺は短くため息をつきさっさと距離を取る。

さっきまでのなんとなく桃色だった空気はどこへやら。こいつの登場でいっきに胡散臭くなったたな。

「私は普通にお風呂に入ってただけよ、ねー、二人とも」

「そ、そうですけど……」

「あと、ついでに面白い情報も手に入れたからちょっとノア君に特別に教えてあげようかなあって」

フレンはにこりと笑う。

「へえ、どんな情報っすか？　俺が楽しめるものだといいっすけど」

「ある意味楽しいと思うわよ。——その代わり、対価はいただくわ」

対価……それ相応の情報というわけか。だがこの女の情報網からすれば、対価を払ってでも聞く価値はある情報の可能性が高いか……。

「情報によるな。ちなみに対価って？」

すると、フレンはぺろっと舌なめずりをし、すっと俺に寄る。

「ふふ、私にちゅーしてごらん」

そう言って、フレンは垂れた髪を耳にかけ、セクシーに前屈みになる。

フレンは目を瞑り、ちゅっと潤った唇を突き出す。

俺はその突飛な行動に、思わず面食らう。

「はっ……？」

おいおい、モンスターが考えられないような特殊な行動しても混乱しない俺が混乱してるぞ？　何言ってんだこいつは……。

「まだー？」

「だ、だめだめだめ！！！！」

と、我慢できなくなったニーナがフレンの肩を掴み、ぐいっと明後日のほうへと押し飛ばす。

「いたたた」

「離れてください！」

「えー、ニーナちゃん嫉妬？」

「ち、ち、ち、違うよ！　ノア君にはその……そんなのまだ早いの！」

俺にはまだ早いって何だ、子供か？

すると、クラリスも汚物を見るような目でフレンを見る。

「早いって言い訳はどうかと思うけど……たしかになんかこの人には許したくないのはわかるわ。というか、ノアがそんな手に乗るアホとは思いたくないわね」

「んなことするわけねえだろ、情報の中身も聞いてねえのに」

「する価値ある情報だったらするんだ！」

「まあ、あればな」

「なーー!?」

ニーナは衝撃を受けた様子でよろよろと後ろに後退し、ペタッと椅子に座り込む。

「あははは！　面白いねえ君たちは。実力も申し分ない三人なのに、どこか子供らしいところが良いわね。――対価ってのは冗談よ。ただの噂話だし。どう、こんな美人に迫られて少しドキドキした？」

「しませんよ、まったく」

俺はピシャリと言い切る。

そういうのはシェーラで散々慣れてるからな。

「なーんだつまらない。そんなにそっけないと逆に本気にさせたくなるわね」

「何言ってんだか…………で、情報って？」

「実はね……あの皇女を救った事件。この学院の生徒って話だけど」

「だから、俺じゃな――」

「名乗り出た一年生がいたわよ」

「……！」

◇　◇　◇

「おいおい、あれ本当か？」

「知らねえけど、他に名乗り出てないんだろ？」

「あぁ。それに、あいつなら確かにやりかねないというか……」

「そうか？　うさん臭さがすげえが……」

「いや、そうじゃなくて。魔術の実力としてはってことだよ」

「あぁ、なるほど……」

翌朝、寝ぼけ眼で食堂に来ると、昨日大浴場から上がったところでフレンから聞かされた噂で持ち切りだった。

昨日の朝の時点ではそんな話なんてこれっぽっちも上がっていなかったのに（レオ曰く、俺とリオ・ファダラスは話題に上がってはいたみたいだが）、これだけ広まっているのを見ると、広めたのはあのおしゃべり変態女か？

ガヤガヤと普段の三倍は騒がしい食堂と、人だかり。奥のほうには誰かを囲むように輪が出来ている。

「あ、おはようノア君」

「おう、ニーナか。……あれか？」

ニーナは少し嫌そうな顔をして、コクリと頷く。

「ノア君を差し置いて……まったく！」

ニーナはニーナでブレねえなあ……。

「で、誰なんだ？」

「Bクラスの男子らしいよ。名前は良く知らないけど、男爵家の人みたい」

「男爵……また貴族か」

「貴族は多いからね」

男爵ということは、それほど位は高くないのか。

うまく手柄を横取りできればたしかにメリットはデカそうだが……。単純にアイリス狙いの線もあるのか。

まぁ、そこまで深く考えてようがなかろうが、嘘つきには変わりねえ。なんせ、張本人がここにいるんだからな。

――まあ、あの件を表ざたにするつもりはない。好きに騙ってくれればいいさ。もともと面倒ごとが嫌で黙ってたことだ。俺に害がないならどうでもいい。

「まあいいさ。さっさと飯食おうぜ」

「う、うん……」

俺たちはその輪から離れた席に座り朝食をとる。

続々とクラリスやアーサーが集まってくる。

噂好きのアーサーは、すぐさまその男の詳細を語りだす。

「Bクラスのレーデ・ヴァルドって野郎みたいだぜ」

「ヴァルド？　聞いたことないわね」

「そうか？　ヴァルド家っていやあ、魔術の名家としても有名だぜ。それも、雷魔術のな」

「雷……フレンさんが言っていた情報とも一応辻褄は合うね……」

「ただまあ……」

「ただ？」

「いい噂は聞かねえな。後ろ暗い噂が多いタイプさ」

そうぶっきら棒に話し、アーサーはスープを口に運ぶ。

「でも、相当な人気みたいだぜ？」

俺はその輪のほうを指さす。

「僕なんて、たまたま皇女様を救えただけさ」

「謙遜なんてそんな……」

「本当のことさ。あの時は無我夢中で……。きっと皇女様も僕の顔は見れなかっただろうね。それで音沙汰もないってわけさ。制服を着ていたせいでどうやらこの学院ということはバレちゃったみたいだけどね」

「じゃ、じゃあバレなかったら黙ってるつもりだったのか!?」

「当たり前だろ。当然のことをしただけさ。一体どこから漏れたのか……」

「でもすごいわ！　さすがレーデね！　魔術も凄いし、貴方ならいつか何かすると思ってたわよ！」

「俺もだぜ！　つーか、あの氷雪姫《レヴェルタリア》を救ったってのに黙ってるなんて、カッコつけすぎだろ！」

そう言って、男はその輪の中にいる男の背中をバンと叩く。

「まあまあ、あんまり慌てないでよ。きっと皇女様だってあんまり公にしたくないはずさ。騒がしくするのもほどほどにね」

なんとまあ反吐の出るセリフだ。自分がやってないのによく出てくるな。

逆に出てきやすいのかもしれねえが。

「知ってるか？　今度の歓迎祭、皇女様が来るって噂」

「え!?　まさか……レーデに会いに……？」

「顔を見てないなら、探しにくるのかも」

「こりゃすげえ……！」

大盛り上がりの食堂。そしてその真ん中でご満悦にほくそ笑む、青い髪をした男レーデ・ヴァルド。

俺とアイリスが顔見知りだと知ったらどうなるかなあ……ま、俺には関係ねえや。

「レーデがそんなにできる奴とはねえ。たしかに強いとは思ってたけど」

「はは、そんなでもないよ」

「あのキマイラを倒したとかいうAクラスのノアなんとかとか、公爵令嬢なんて目じゃないんじゃない？　後ほら、あの偉そうなルーファウスとか……」

目を輝かせる、もはやレーデの信徒たちは俺たちの名前を引き合いに出す。

しかし、レーデはあくまで謙遜するような素振りで肩を竦める。

「わからないけど………でも確かに、あの皇女様を助けた時に比べればそんな大したことないとは思うよ。やってみないとわからないけどね」

「さっすが……！　じゃあ皇女様が来る歓迎祭もレーデが余裕で勝ちか……！」

「皇女様の前で優勝なんてかっこ良すぎるよ！　そこで正体明かそうよ！」

「おいおい、そんなことしたらパニックになるだろう？」

「また謙遜してー。あーあ、レーデが何か遠くに行っちゃった気がするな」

そう言って、レーデの周りは皇女を救ったことと、歓迎祭で優勝するだろうというお目出度い話で大盛り上がりだった。

　それはBクラスだけではなく、他のクラスも巻き込んでの大盛り上がり。流石に皇女ともなれば、上級生も聞き耳を立てている。今回の件で、レーデの名前は一躍有名になったと言っても過言ではないだろう。

　所詮、空っぽの名声だけどな。

　とその時、食堂の入口が巨大な音を立てて勢いよく開かれる。

「噂を確かめに来たぞ、新入生ええええ!!」

　その余りの声の大きさに、食堂にいる全生徒が一瞬静まり返り、そちらのほうを振り返る。

　このどこかで聞いた大声と勢いは……。

「ドマ……か」

　と、次々と周りの人間も声を上げる。

「ドマ先輩……！」

「ベンジャミン・ドマ先輩だ……」

「まさか、レーデを見に？」

「上級生もレーデが気になってるんだ！」

　ドマの登場に、一気に騒めき出す。

　ドマはニヤニヤしながらゆっくりと輪のほう――レーデたちのほうへと歩いていく。

　その巨体に、自然と道が開かれていく。

そして、レーデの前で立ち止まると、顎のあたりをすりすりとしながら、片眉を上げる。

「お前が、皇女を救ったとかいう男か？」

レーデは嬉しさを隠せないながらも、何とか顔を繕い笑みを浮かべ答える。

「そんな大層なことをしたつもりもありませんが……一応そうなりますね」

「ふうん……？　本当にお前がか？」

ドマの圧が強くなる。

「そ、そうですが？」

「ふむ……」

ドマはじっくりとレーデを見て、ひとりでうんうんと頷きながら何かを思考する。

と、さっきまで薄っすらと浮かんでいた笑みが消え、顔が険しくなってくる。

そしてしばらくたったところで、ガバッとからだを起き上がらせると、腰に手を当て仁王立ちで声を発する。

「────記憶にない!!」

「は、はあ……？」

ドマの大声に、レーデはびくっと身体を震わす。

「お前のような男は俺のチャレンジタイムでまともに戦った記憶がない!!」

「な、何のことを──」

ドマはビシっとレーデを指さす。

「お前は取るに足らんということだ。邪魔したな。お前らも楽にしていいぞ」

「ちょ、ちょっと！　レーデはあの皇女様を救ったのよ！　なんですかその言い方は！」

「知らん、興味なくした。お前らで好きに騒げ」

そう言って、ドマはズカズカと食堂を後にしようとする。

「な、何今の……」

「さあ……何かが気に食わなかったみたいだけど……」

「くっ……僕の何が駄目だって言うんだ……！」

離れていくドマに、レーデはそう口を零す。

――と、帰り際のドマが俺に気付いたのか、少し顔を明るくし、Uターンしてこちらへと向かってくる。

「おうおうおう、久しぶりだな、ノア・アクライト!!　新入生ええ!!　皇女の件はお前という噂を聞いてきたのに、なんだあいつは！」

「相変わらず暑苦しいっすね」

「がっはっは！　生意気な！」

「悪いっすけど、俺じゃないっすよ」

「そうなのか？」

ドマはじーっと俺の目を見る。

俺は、その一見考えなしに見えて、いろいろと考えているその瞳をじっと見返す。

「――わからん。お前は深すぎて判断に困る」

「何言ってるんですか」

「気にするな、こっちの話だ。まあいい。皇女を救ったのが誰だろうとな。あいつだろうがどうでもいいことだ。やっぱり、俺にはお前と戦いたいという欲のほうが強いようだ。また腕を上げたか？」

ドマはにやっと笑う。

「まだそんなレベルの上がる授業はないっすよ。進級した時が楽しみっすよ」

すると、ドマは身体を仰け反らせて大笑いする。

「ガッハッハ！　やはり強者はそうでなくてはな！　歓迎祭、楽しみにしてるぞ！　変な小石に躓くなよ！」

そう言って、ドマは楽し気に笑いながら食堂を去っていく。

まるで嵐の後の静けさのようにシーンと食堂が静まり返り、少ししてざわざわと活気を取り戻し始める。

「かー相変わらず圧のすげえ先輩だな」

アーサーは苦手意識があるのか、顔を引きつらせてやっと声を発する。

「そうだね……でも、やっぱりドマ先輩はノア君に期待してるんだよ！」

ニーナは目を輝かせて俺を見る。

やっぱり私の目に狂いはないとでも言いたげだ。

「はいはい。俺からすりゃ暑苦しいだけだけどな」

まあ、対人経験を積むにはもってこいな相手ではあるだろうが……。

戦う機会はきっとあるだろう。俺も楽しみではある。

「本当、あんたって変な奴に気に入られるわね」

「どういう意味だよ」

「そのまんまの意味よ」

ドマと俺の会話を聞いて、レーデの周りがざわつきだす。

「どうなってるんだ？」

「レーデを無視して、ノアと……？」

「ドマさんはノアのほうを認めてるのか？」

「なんだ、ドマさん尊敬してたけどその程度か」

とざわざわと、さっきとは少し違った会話が広がる。

そして当の本人、レーデ・ヴァルドは、さっきまでの余裕ある態度はどこへやら、俺のほうを睨みつけるようにして歯を食いしばっている。

「何であの野郎が……この僕より……!!」

逆恨みは勘弁してくれよ、まったく。レーデか……功績を騙るのは自由だが、実際それに見合うだけの実力があるのかどうか……。あるんだったら、それはそれで面白そうだがな。

一応周りの連中の口ぶりからするとそこそこやるようだが、実際魔術を使うところを見てみないとわからないな。

ただ、長年モンスターと戦いを繰り広げてきた俺が見た限りでは、奴には強者特有の覇気は感じられない。それこそ、まだルーファウスのほうがマシだ。それはドマの奴も感じ取っていたみたいだが……。

と、俺がレーデのことをなんとなく考えていると、当の本人が俺のほうへと近づいてくる。

そして、ぴたりと俺たちのテーブルの前で立ち止まる。それを追うように、レーデの取り巻きたちもぞろぞろと、まるでレーデの信徒のようにぴったりとくっ付いてくる。

「やあ、君がノア？」

「なんか用か？」

やれやれ、承認欲求の塊か？

自分より目立つ奴が許せないみたいだ。いい性格してるぜ。

「ちょっとドマさんとの会話を聞いてね。君は僕のこと知っているかい？」

「はは、あの皇女様を助けた英雄さんだろ？　あれだけ輪になってギャーギャー騒いでれば嫌でも耳に入るさ」

俺の嫌味に、一瞬レーデはぴくっとこめかみをピクつかせるが、すぐにいつもの胡散臭い笑顔に戻る。

「……知ってもらえているとは光栄だな。君もドマさんから目をかけられているみたいだね」

も……？　軽くあしらわれておいてその図太さはさすがだな。ま、でなきゃ他人の手柄を横取りしようなんて豪胆なことはできねえか。良くも悪くも肝が座ってやがる。

「あんまりお前は相手にされてなかったみたいだけどな」

「は……はは、ドマ先輩は厳しい方だからね。愛の鞭ということだろうね」

「さあ、どうだかな。あの人にそんな器用な真似できそうにねえけどな。——まあ、俺はまだあんたほどの者じゃないさ。俺はただキマイラを倒しただけだ。あんたの皇女様救出のほうがよっぽど評価されるだろ」

俺は半ば投げやりにレーデを持ち上げる。

「何を言うんだ、ノア。比較することに意味はないよ。お互い誰かのために行動した結果じゃないか！」

レーデは気持ちよさそうに語る。

と、そこでニーナがバッと立ち上がろうとする。

——が、俺はそっとニーナの腕を握り、押さえつける。

その行動に、ニーナは不満の表情を見せる。

どうせ、俺が本当は助けたとか言うつもりだろうが、俺は公表するつもりはねえ。

「ちょっと、いいのノア君！」

「いいって。放っておけよ」

「でも……」

「そもそも、ニーナにもあれは俺じゃねえって言ってるだろ？」

「でもフレンさんだって、ノア君が可能性高いって」

「いつの間にそんな信頼する仲に……」

しかし、ニーナはブンブンと両手を振る。

「ち、違うよ！　昨日の話！　別にあんな人と仲よくなってないし！」

ニーナはフンと少し怒ったように頬を膨らませる。

「あー、悪かったよ」

「おい、聞いてるのか？」

完全に蚊帳の外にされたレーデはしびれを切らし話に割って入る。

「あぁ、何だっけ？　悪い聞いてなかった」

「………だから、君と僕で比較する必要はないと――」

「あぁ、はいはい。俺も元からそんなつもりねえよ。好きにしたらいいだろ？　別に俺はお前に絡むつもりなんかねえから安心しろよ」

「は……？」

「はっきり言うけどよ、どうせ俺がドマの野郎にちょっかい掛けられてて気に食わなかったんだろ？」

「だから、僕は――」

俺は少し鼻で笑いながら続ける。

「お前が今日の主役だもんな、あんな軽くあしらわれたらムカつくのもわかるさ。だが、俺はあんな暑苦しい奴は魔術で戦う以外にはあんま関わりたくないんだよ。ドマには俺から構ってもらいに行ってるんじゃないんだ、悪いがどうにもできないぞ」

俺の発言に、レーデの顔がみるみる赤くなっていく。

おっとしまった、ついいつもの癖で煽ってしまった。

「ノア……アクライト……！」

「おいおい、英雄さんが何熱くなってんだよ、落ち着けよ。認めてるって言っただろ？　キマイラなんて大したことないさ。さすがだよ、レーデ」

まったく。嘘で塗り固めた功績の癖にプライドは一人前。だが敢えて謙虚に振る舞うあたり、傲慢だったルーファウスより数段たちが悪いな。というか、めんどくせえ奴だ。

「……ま、まあ僕だって君がどうだろうと気にしないさ。この学年で一番評価されているのはどうやら僕みたいだね。別に本意ではないんだが……男爵なんかの僕がこんなに注目されるなんて、何だか恥ずかしいよ」

「へえ、目立ちたがり野郎かと思ってたけど違うのか」

「……君、僕を何だと思ってるんだ？」

「さあな」

「………まあいいよ。歓迎祭での楽しみも増えた。君と戦うのも楽しみにしてるよ。皇女様の前だ、カッコいいところを見せないとな」

その言葉に、レーデの周りの生徒たちが興奮気味に声を上げる。

「おいおい、レーデが歓迎祭で見せてくれるらしいぞ!!」

「すごい、とうとう本気が見れるのね！」

「皇女様も来るんだ、こりゃ凄いことになるぞ……！」

「この無礼な平民もレーデがやってくれるさ！」

レーデの打倒俺宣言に、周りは熱気を帯びる。

どうやら、俺が今度は悪者のようだ。

「ちょっと、あなたたちノア君は別に……！」

「なかなか無礼ね、こいつら」

と、不快感を表す二人とは対照的に、俺はニヤリと頬を緩ます。

いいね、どうせなら本気で向かってくる相手を倒して俺が最強だと認めさせたほうがいいに決まっている。

俺は立ち上がると、レーデの前に躍り出る。

「はっ、いいねえ。別に実績なんてどうだっていいじゃねえか」

「何？」

「皇女を救ったとか、キマイラを倒したとか、そんなもん成績に何も関係ねえ。正々堂々、自分が最強だと認めさせるのは歓迎祭での優勝、それのみだ」

「お、ノアいいこと言うじゃねえか！」

「確かにその通りね。わたしだってその場に居合わせればそれくらいできたわけだし」

　アーサーもクラリスも俺の言葉に乗る。

「うだうだ言ってないで掛かって来いよ。歓迎祭で見せつけてやるさ」

「…………！」

「俺が最強の魔術師だってな」


「へへ、楽しくなってきたな」

　少しして、授業へと向かう道中にアーサーは頭の後ろで腕を組みながら笑みを浮かべる。

「何がだよ」

「歓迎祭に決まってるだろ!!　新入生の最強を決めるに相応しいバチバチ感が出てきたと思わねえか!?」

　アーサーはニィっと笑みを浮かべる。

「皇女救出の真偽はわからねえけどあのレーデとかいう胡散臭い野郎もノアを目の敵にしてるみたいだし、ルーファウスの奴もきっとノアに死に物狂いで勝ちに来るだろ？　これぞ戦いって感じにバチバチしてるじゃねえか！　それにうちのクラスにもレオみたいな強者は何人かいるし。なんだかワクワクしてくるだろ？」

「確かにな。少なくとも、歓迎なんていう生ぬるい感じではなさそうだよな」

「だろ!?　その中で俺の実力を試せるとか…………なんかこう、うおお！　って燃えてくるよな!?」

「はは、ここ最近アーサーはあんま良いところなかったしな。取り返すにはいいチャンスかもしれないな」

「なっ!?」

アーサーは図星をつかれたとばかりに苦い顔をして身体を強張らせる。

「あは、言えてるわね」

「おいおいおい、聞き捨てならねえな！」

「だってそうじゃない。授業でも今のところそんなに目立ってないし、リムバの演習ではその男に良いところ全部持っていかれたし」

「お、俺だってなあ……！」

「はは、残念ながらその通りだろアーサー」

「ぐぬ……」

アーサーは悔しそうに顔を歪ませる。

「まあでも、俺はまだお前がその程度の男だと思っちゃいないぜ」

「そ、その通りだぜ!! いいか、俺はこの学院のトップにならなきゃいけねえんだ！ 確かに少し出遅れちまったが……ここからは俺の名前が轟くことになるぜ！」

「本気で言ってるのあんた？」

「当然よ！ 俺の家を復興させなきゃいけねえんだ、こんなところでモブとして消えるつもりはねえ！ キマイラを倒しただとか、皇女様助けただとか、確かにすげえけどよ、歓迎祭での優勝するチャンスは平等だ！　俺はお前たちにも負けねえぜ!?」

いつも以上にやる気を見せるアーサー。

やはり、少しは気にしているようだ。入学式のとき、アーサーは俺に共にトップを目指そうと語り掛けてきた。その割にめぼしい活躍はできていない。ここらへんで気合を入れなおすという意味合いもあるんだろう。

「言うじゃない。見せてもらおうかしら、あんたの力をさ。このA級冒険者である私を倒せるのかしらね」

「も、もちろんだぜ！　クラリスちゃんにだって負けねえからな！」

それに対し、クラリスは余裕の笑みで返す。

「楽しみね。ぬるま湯に使ってきた貴族や名家連中が、私やノアみたいな本物についてこられるか見ものね」

「……いや、クラリスちゃんは冒険者だからまだわかるけどよ、ノアもなのか？」

「あっ……いや、そのなんというか……」

こいつ、ヴァンの弟子だからって自分と同じ括りにしてやがったな。ぼろ出しやがって……。

「ノ、ノアも私が認めるだけの実力があるってことよ!!　それ以上でも以下でもないわ！」

「そ、そうか……まあノアの実力は俺だって認めてるさ」

なんか納得したな。深く考えない奴でよかった。

「――だが、今回ばかりは俺も本気だ！　見てろよ、ぜってえ結果残してやる!!」

「楽しみにしてるぜ、奥の手も残ってるしな」

「何よそれ」

「へへ、まあ見てなって」

アーサーは上機嫌でクラリスに対してにまーっとした笑みを見せる。

クラリスは呆れた顔で俺のほうを向く。

「……むかつくんですけど、この人」

「そう言ってやるなよ」

実際、アーサーがどれほど戦えるのかは俺もまだよくわかっていない。奥の手も気になるところだ。

――と、俺は少し後ろで浮かなそうな顔をしているニーナが目に入る。

この手の話に交じることは確かに稀なタイプではあるが、それにしては普段よりその表情は曇っている。

俺は少し歩く速度を落とし、ニーナの横へと移動する。

「どうした、暗い顔してるな」

「えっ、そう!? ごめんね、そんなつもりなかったんだけど」

そう言って、ニーナはあははっと笑う。

「……遠慮する必要はないぜ？ どうせ優勝は俺で決まってるんだ、何か歓迎祭で気になることがあるなら言ってみろよ。変に俺に気を使う必要はない」

まあ大体の予想はつくが……。そもそもニーナの入学は公爵家からすればイレギュラーだ。家族関連なのはまちがいないだろう。ニーナのことだ、変に俺たちが同情してしまう心配もあるんだろうが、残念ながら俺はそんな理由で自分の強さを曲げる気はない。

「さすがノア君だね。……でも別にそんな大したことじゃないんだよ。ただ……」

「ただ？」

「前に言ったでしょ、私お姉ちゃんがいるんだけど」

「言ってたなそんなこと」

確か何かと姉さんと比べられるだとか、早くお姉ちゃんに追いつかないとだとか言ってたか。余計な問題に首を突っ込むのが面倒だったから敢えて触れてはこなかったが、ニーナから話をしたいのなら話は別だ。聞かない理由もない。

「簡単に言えば二人いてね。上の姉さんと下のお姉ちゃん。……歓迎祭では二人とも来るだろうし……それに、無理言って飛び出してきた私を見にお母さんたちも来るだろうし。アーサー君じゃないけど私も最近活躍できているとは思えないからさ」

なるほど、姉たちに対する劣等感と、無理言った親へのプレッシャーか。

「そんな他人の評価なんて気にする必要ねえよ」

「え？」

「まあ他人つっても身内だけどよ。ニーナだって生半可な覚悟で入学してきたわけじゃねえだろ」

「も、もちろんそうだよ！」

「はは、だったら気にすんなよ。俺はニーナの召喚術は認めてるんだぜ？　最強の俺が認めてるんだ、堂々としてれば結果はついてくるさ」

「ノア君……」

ニーナはうるうるとした瞳で俺を見上げる。

けれど、少しポカンとした顔だ。まさか俺がそう評価しているとは思っていなかったんだろう。

実際召喚術というのはそれだけ希少なのだ。入学してからの授業を見ていても、やはりニーナは他の生徒より頭一つ抜けて魔術のセンスがあるようにも見える。それなのにこれだけ自己評価が低いのは姉たちが余程できる魔術師なんだろうか。

「ま、実際戦うのはニーナだし俺にはこれ以上よく知らないニーナの家族のことはハッキリと言えねえけどな」

「……ううん、ありがとう。少し気が楽になったよ！」

「なら良かった」

「うん！　さすがノア君だね。……よし、私も頑張るよ！」

ニーナは決意を新たにグッと拳を握る。

その表情は少し明るさを取り戻していた。

◇　◇　◇

歓迎祭という名の初めての大規模な対人戦大会。レグラス魔術学院の魔術師たちの今後を大きく左右する一大イベントだ。俺たちは各々その歓迎祭へ向け準備に明け暮れていた。

アーサーは何やら秘密の特訓と称して訓練場に通いつめ、ニーナは課題であった召喚時の魔力消費の多さを克服しようと積極的に俺に質問したり、先輩に助言を乞いに行ったりと少し前までちょっと悩んでいたとは思えないほど吹っ切れた様子で、その行動力は凄まじいものだった。

もちろん、レオやナタリー、その他のクラスメイトたち、さらに他のクラスの連中も各々修行に精を出し、学院では至る所に魔術反応が溢れていた。歓迎祭だ！　という浮かれた空気はあっという間にどこかへ行き、残ったのは殺伐とした一年生同士のピリピリとした空気だった。

そんな中、A級冒険者であるクラリスはというと――。

「駄目だ」

「な、なんでよ！」

俺の部屋で、クラリスは少し声を荒げ、不貞腐れた様子でぷくっと頬を膨らませる。

他の奴の前では決してしない表情だ。俺の前だから――というよりも、今話題にしている事柄が、クラリスをそのような少女らしい表情にしているのだ。

「当たり前だろ、あいつも忙しいんだ」

「そうだろうけど……ほら、ノアのコネでさ……ね？」

「無理なものは無理だ。お前が授業での結果で多少焦っているのはわかるが、あいつを頼るのは止めておけ」

「な……！」

図星をつかれ、クラリスは少し動揺した様子で声を震わせる。

「い、いいじゃない！　ケチ！　ヴァン様に修行付けてもらうくらいいいでしょ!?　あんたの秘密だって黙ってあげてるんだから!!」

クラリスは逆切れして声を荒げる。

「……はあ。むしろ、いいのかよお前こそ」

「何がよ」

「そんな、自分が不甲斐ないから修行付けてください、なんて理由で再会してよ」

「ぐふっ！　そ、それは……」

クラリスは伏し目がちに指をツンツンと合わせる。

「どうせなら、結果を残して正々堂々正面から報告に行くほうがいいんじゃねえのか？　ヴァンもきっとそのほうがお前のこと見てくれると思うぜ？」

「そのほうが……私のことを……？」

「多分な」

俺の言葉に、クラリスの険しかった表情が徐々に柔らかくなっている。

そう、こいつはあろうことか、ヴァンに修行を付けてもらえるよう俺に融通しろと言ってきたのだ。

その発端は、魔術戦闘の授業でのことだった。

魔術の力では圧倒的であるはずのクラリスは、俺同様対人経験が乏しい。その結果、搦手にハマり、初めてクラリスは黒星をつけられたのだ。

そして、クールな表情をしておきながら内心ばっくばくに焦ったクラリスは、誰とも一言も交わさずにこうして俺の部屋まで押しかけ、押し倒すのかというほどの勢いで俺に頼み込んできたというわけだ。

「ヴァンだって一回負けたくらいで自分を頼るような奴に、素直に教えるとは思えないけどな」

「正論……。確かに……あんたが言うならそうなんでしょうね……」

「は、いつになく弱気だな」

「う、うるさいわね！　私だって、ここで活躍しなきゃって思ってるのよ。私には冒険者としての意地があるんだから。冒険者として、モンスターと戦ってきたという意地が。名家や貴族なんかに負けないっていうね」

「はは、その意気だろ。まだ歓迎祭までは時間があるんだ。他の連中だって今死に物狂いで修行してるぜ？」

「……はあ。その通りね。私どうかしてたみたい」

そう言い、クラリスは掴んでいた俺の胸倉をふいっと外す。

「なんなら俺と修行するか？　対人戦の経験が乏しいのは俺も一緒さ。だから――」

「ふん、お断りよ。一番のライバルであるあんたと修行なんてして手の内を見せたくないわ」

「へえ。そう思ってくれてたのか」

「当然でしょ。……ムカつくけど、さすがヴァン様の弟子というだけあるわ」

「そりゃどうも」

「……とにかく、邪魔したわね。今のは忘れて頂戴」

クラリスはゆっくりと出口まで行き、少し気まずそうにそう呟く。

「わかったよ」

「ありがと。……歓迎祭見てなさいよ。そこで結果を出して、ヴァン様に胸を張って会いに行くわ。――それじゃあね。一応さそってくれてありがと」

そう言い残し、クラリスは俺の部屋を後にした。

あの目は、やる気に満ちた目だ。ライバルを強くしてしまったかな？　はっ、そのほうがより楽しめるのは間違いない。

歓迎祭か……これだけの熱気だ、今から楽しみだぜ。シェーラの望む対人の経験ができそうだな。

「――さて、俺も軽く魔術の調整でもするか」

こうして、歓迎祭までの短い時間が過ぎていった。

◇　◇　◇

「本当にお疲れさま。あなたたちがここ数週間、歓迎祭のために力を入れて訓練してきたのは私がしっかりと見てきたわ」

担任のエリスは感慨深そうにそう口にする。

「見違えたようね。戦う魔術師の顔つきよ。……毎年そう。この一大イベント、歓迎祭は魔術師としての我が校の登竜門。この時期になると、初めての戦いに皆目の色を変えて本気になるの。やっぱりこの空気はいいものね。もちろん、今後クラス全体でまとまる必要があることもあるけど、今だけはみんなが敵同士よ。この緊張感は忘れないでね」

エリスは、俺たちを見回しながらうんうんと頷く。

「――さて、前置きはこれくらいにしましょう。さあ、歓迎祭ももう今週末に迫っているわ。ついに発表されたわよ、予選の組み分けが」

その言葉に、全員がガタっと身体を揺らす。

本戦トーナメントの前の、グループでの予選。十一～十二名で行われる勝ち残り戦の組み合わせ。これにより、運命が大分変わると言っても過言ではない。

「さあ、これが今年の歓迎祭の組み合わせよ……!!」

クラス全員に、歓迎祭の組み合わせが書かれた紙が配られる。

全一年生九十名。予選は十一人一組での殴り合い。いわゆるバトルロイヤル形式だ。A〜Fブロックが十一人、G、Hブロックは十二人での戦いとなる。

それぞれのブロックから一名だけが勝ち上がり、本戦として決勝トーナメントが行われる。

戦いは二日に分けて行われ、一日目が予選、二日目が本戦となる。例年、二日目の本戦は観客の数が尋常ではないらしい。それだけ盛り上がる祭りというわけだ。

俺たちはそれぞれどのブロックに割り振られたかを確認し、その顔色を様々に変化させる。

「ぬあああああああああ！？！？　なんでなんだああ!!」

と、けたたましい叫び声を上げるのは、俺の隣でメンバー表を見ているアーサーだ。

「うっせえなあ……どうしたんだよ？」

「どうしたもこうしたもあるか!!　見ろこのメンバー表!!」

アーサーは有無を言わさず、ぐいっと俺のほうに寄り、俺の手元にあるメンバー表のGブロックを指さす。

そこには、アーサーの名前があった。

「Gブロックか。あぁ、十二人のブロックだからショック受けてんのか？」

「それもあるけど……ちげえよ、メンバーだよ！　メンバー！」

「メンバー？」

その下に書かれている名前に俺は視線を移す。

Aクラス　アーサー・エリオット。

Aクラス　ヒューイ・ナークス。

Aクラス　レオ・アルバート。

なるほど。ヒューイもレオもこのクラスでは最上位の実力者だ。

「不公平だろ！　なんだこの……Aクラスの実力者の集まりは!?　俺に恨みでもあんのか!?」

アーサーは今にも何かを吐き出しそうな顔で叫ぶ。

「おいおい、別に誰が相手でも関係ないだろ」

「あるだろ!?　一人しか勝ち上がれねえんだぞ!?」

「だってよ、どうせ優勝は一人だ。予選で誰に当たろうが関係ないだろ」

そう、所詮は予選。誰とどこで当たろうが、優勝しか見てない者にこの組み合わせなどさしたる問題ではない。

「確かにそうだけどよ……そうだけど……！」

「はは、まあ気持ちはわかるぜ？　トップを目指すって宣言してるんだ、それだけやる気もあれば組み合わせで納得いかないこともあるさ」

すると、取り乱していたアーサーは俺の言葉で少し冷静さを取り戻し始める。

「た、確かにな……。くそ、俺としたことが……。ノアぁ……お前はなんでそんないい奴なんだ……」

「別にそんなつもりはない」

「そうだよなあ、どうせ優勝するなら全員倒すんだ……むしろ大勢で用意ドンの予選で当たったほうが有利の可能性もある！　名がある奴らは優先的に狙われるだろうしな！」

うーん、俺の言ったことと少しずれてる気もするが……。

まあアーサーが納得したなら別にいいか。

「相変わらずうるさいわね」

「あはは、やっぱり組み合わせは気になっちゃうよね……」

「クラリスちゃん、ニーナちゃん！」

「ちゃん付けはやめて」

「つれねえなあ……」

「二人は組み合わせはどうだったんだ？」

するると、クラリスは肩を竦める。

「別にどうもこうもないわよ。どうせ勝つだけだし」

「……見ろ、あれが本来の強者のあるべき姿だぞ、アーサー」

「あぁ……み、見習わねえと……」

「ニーナはどうだった？」

「うーん……やってみないとわからない……かな？」

そう言ってニーナはあははといつものように笑う。

なんだかんだ言って、ニーナはやるときはやる奴だ。

俺たちは紙に視線を移す。

ニーナの名前は、Ａブロックにあった。

「へえ、ニーナのブロックにはナタリーがいるのか」

「そうみたい」

「あいつは結構近接戦闘もできるからな。そこら辺の対策はとっておいたほうがいいぞ」

「うん、ありがと！　予選までもう時間もないからね。急いで対策立てないと！」

そう言って、ニーナはグッと拳を強く握る。

「結局俺たち四人はブロックばらけたのか？」

「ニーナちゃんはＡブロックで、クラリスちゃんがＥブロック、俺がＧブロックで……ノアはＨブロックか」

「そうみたいだね。良かったよ、ノア君と当たったらさすがの私もこんな頑張るぞーなんて気分になれたかどうか……」

「それは言えてる……」

ニーナとアーサーは二人して虚しそうな笑いを浮かべる。

「ふん、私だったら好都合だけどね。予選で優勝候補の一角を落とせるなんてまたとないチャンスじゃない」

「たくましいね、クラリスちゃんは」

「当然。冒険者だからね、私は。常に強敵を求めてるのよ」

「で、ノアの組み合わせは誰なんだ？　ちょっと見てみようぜ」

俺たちは手元の紙に視線を移す。

「知ってる名前も何人かいるが、まあ正直優勝は俺だから誰が相手でも関係ない」

「相変わらずの自信……」

「そう言っていられるのも今のうちよ！」

すると、表を見ていたアーサーが何かに気付き、あっと声を上げる。

「どうした？」

「いや、ほら……ここ見ろよ」

「ん？」

俺たちはアーサーが指さした場所を見る。

そこには「Bクラス　レーデ・ヴァルド」の文字が。

「こいつは……」

「皇女を助けたとかいう……！」

あの偽物か……。

俺は無意識に口角を上げる。

「はは、いいねえ。あいつはどうやら俺に対抗意識があるみたいだからな。面白くなりそうだぜ」

三章　本物と偽物

そうして、歓迎祭の日はあっという間に訪れた。

朝から街は騒がしく、対照的に俺たち一年生は静かにその時を待っていた。

レグラス魔術学院から少し離れたところにある王立の魔術闘技場。

今日と明日の二日間、レグラス魔術学院により貸し切られ、観客席には多くの観客が詰めかけていた。

「諸君、準備は良いか？」

闘技場中央に設置されたステージの壇上から、学院長ユガ・オースタインが、闘技場に並ぶ俺たち新入生に向けて言葉を投げかける。つい先ほどまで客席から上がっていた楽しそうな声も、売り子の掛け声もすべてが一瞬にして静まり返る。

俺たち新入生も、神妙な面持ちで壇上の学院長を見つめる。

ざっと見ただけでも俺たち新入生の十倍以上の観客がいる。初日でこれほどとは……思った以上の注目度だ。だがアーサー曰く、毎年のことだそうだ。

「先ほどまで行われていた上級生による歓迎の催しは素晴らしかった。ありがとう。――だが、あくまでただの余興にすぎない。これから行われる新入生同士の戦い。それこそが歓迎祭のメインイベントだ」

歓迎祭の名前の通りに、俺たちは上級生や先生たちから歓迎の催しを送られた。

それは言葉だったり、ショーだったり、魔術の披露だったりと様々だったが、それらは全て余興。ここからが本番というわけだ。

もちろん、それは後ろに控える観客たちにとっても例外ではない。

「この戦いが、諸君の魔術師人生を良くも悪くも大きく変えるということは間違いない。魔術関係者も大勢来ている。騎士団の上層部や、協会の幹部、そして私と同じく六賢者に名を連ねる者も来ている。彼らの目に留まることが何を意味するか、わからないわけではないだろう」

そうつまり、新入生にしてこの国の魔術界に名を知らしめることができるわけだ。

一魔術学院のただの歓迎祭ごときではどれだけの名声かは知らないが、少なくとも名前を一度は耳に入れてもらえるというのはそれだけでもかなりの宣伝効果となるだろう。周りの生徒たちの目が、ギラギラと燃えているのがわかる。

そして魔術関係者をはじめとした観客たちは期待しているのだ。国内屈指のエリート魔術学院、その狭き門を潜り抜けた若い魔術師たちが、いったいどのように戦うのか。果たしてこの中に、新時代の魔術師がいるのか――と。

成功のための登竜門。落とせない一戦。

自分の力を内外に知らしめるまたとない機会だ。新入生だけとはいえ、注目されることには変わりない。

と、そこで学院長は後方の観客席の中で、とりわけ豪華な、青い旗が立てられた一角を指さす。

「そして今年は何と、隣国カーディス帝国第三皇女殿下が是非我が校の歓迎祭を見たいとおいでくださっている」

瞬間、会場中から歓声が上がる。

拍手で溢れ、心から歓迎されているのがわかる。

「これは歴史的な瞬間でもある。我が国とカーディス帝国の友好の証だ。皇女様たっての希望でこの観戦が実現した。――皇女様の期待に応えるように、相応の戦いを見せてくれ」

そう紹介され、後ろに座っていた皇女――アイリス・ラグザールは、にこやかに微笑みお辞儀をする。

氷雪姫《レヴェルタリア》……その名に恥じぬその美貌は、遠目からでもはっきりとわかるようで、一気に会場が騒めき出す。

淡い青色の髪、色素の薄い透明感のある肌。

アイリスはあの日会った少しお転婆な少女ではなく、一人の女性として、皇女として振る舞っていた。

アイリスの周りには護衛が並び、厳戒態勢を敷いている。

「本当に来た……！」

「やっぱりあの噂本当だったの!?」

「本物可愛い……」

「じゃあやっぱりレーデの言ってたことは……！」

あのレーデ・ヴァルドが皇女を救ったという話を聞いていた連中が、本当にアイリスが歓迎祭を見に来たという事実を目の当たりにし、信じずにはいられないと騒めき出す。

アイリス……あいつ本当に来たのか。確かに来るとは言ってたけどよ。

脳裏に浮かぶのは、〝赤い翼〟を壊滅させたあの日。そして、去り際の頬の感触。

とその時、アイリスがチラっと俺のほうを見る。

完全に目が合う。

すると、アイリスはさっきまでとは打って変わり、まるで子供のような（というかまだ子供なのだが）笑みを浮かべ、無邪気に手を振ってくる。が、すぐさま隣の侍女、エルに腕を押さえつけられ、何やら不満げな顔をしている。

まったく、相変わらずだな。

その一連の動きに、一気に声を上げたのはレーデの周りだった。

「今……今皇女様手を振ったよな……？」

「やっぱり私たちの中に皇女様を救った人がいるのよ！　きっと、顔もわからないその人のために……その人を見つけるために皇女様は観戦に来たのよ！」

「おいおいおい、ガチかよ!?」

「信じるしかないじゃない！　あんな顔で手を振るなんてよほどのことよ！　あぁもう、レーデがすぐに皇女様に名乗り出ていれば今頃二人で話せたかもしれないのに！」

「おいおい、騒ぐなよ……そんな大層なことじゃないって。新入生の僕たちを労っただけだろ」

「またまたあ。一国の皇女様よ!?　あんな無邪気な笑顔なんてよっぽどの理由よ！」

すると、レーデはニッと笑う。

「――まあ、僕の戦いを観戦すれば、自ずとわかってしまうかもしれないけどね」

と、例のごとくお決まりのやり取りを繰り広げている。

まぁ盛り上がるのも当然だ。今自分の手柄だと自ら話しているのはレーデしかいないし、今の流れで奴らの中ではレーデでほぼ確定となっただろうな。

俺がアイリスやエルに俺のことを黙っていてくれと頼んだことで、皇女は助けてくれた相手を詳しく知らないという認識が広まり、その結果今の誰でも皇女救出の英雄になれるという奇妙な状況が成り立ってしまった。

俺はその状況は別にそれはそれで構わないんだが……さっきの笑顔もだが、アイリスがこの後余計なこと言わないといいが。

「静粛に！　――さて、それではここに宣言する」

学院長は騒めき出した俺たちを一喝するように声を張り上げる。

隣のアーサーが、不意にポンと俺の肩に拳を当てる。

「始まるぜ、ノア……！　負けねえからな！」

「はっ、期待してるぜアーサー」

「これより……歓迎祭メインイベント——新入生による魔術戦を開催する!!」

◇　◇　◇

レグラス魔術学院の生徒は観客席の南側に集められ、他の観客同様観戦に回る。もちろん、上級生全員がいるわけではなく、その数は全校生徒には及ばないが、それでも結構な人数が観戦に訪れていた。もちろん、ドマやハルカなど見知った顔もいる。

「じゃあ、先に行ってくるね……!」

ニーナは少し緊張した面持ちで、俺の目をじっと見ながら言う。

そっと自身の魔本に手を乗せ、馴染んだ感触に落ち着きを求めているようだった。

「はは、そんな緊張すんなよ」

「で、でも……」

ニーナはちらりの観客席のほうを見る。

恐らく来ているのだろう、家族が。ここで魔術の力を見せなければと肩に力が入っている。

俺は軽くニーナの背中を叩く。

「っ!」

「俺が保証してやるよ。予選くらいで負ける奴じゃねえよ、ニーナは」

「ノア君……」

「お前が最強だと思ってる俺が言うんだ、思いっきりやってこい。油断は絶対に禁物だけどな」

その言葉に、ニーナの顔が少し綻ぶ。

どうやら多少緊張はほぐれてくれたらしい。

「そうよ、召喚術なんてなかなかお目に掛かれないんだから。それを見せるだけでも価値があるわ。それに、予選のバトルロイヤル形式はあなたの魔術のほうが有利でしょ？」

「クラリスちゃん……！」

ぎゅっと抱き着こうとするニーナに、クラリスは嫌そうに身体を仰け反らせる。

「はは、仲良しだな」

「そ、そんなんじゃないわよ！」

「ふふ、でも二人のおかげで何か行けそうな気がするよ！　……行ってくる！」

そう言って、ニーナは本日最初の戦い――Aブロック予選へと向かっていった。

俺たちはニーナと別れ、観客席のほうへと戻る。

席を取ってくれていたアーサーが、中央付近で大きく手を振っている。

「サンキュー、アーサー」

「お安い御用さ。ニーナちゃんどうだった？」

「ま、あれなら大丈夫だろうな」

「そりゃよかった！　……にしても、今日の観客は相当豪華みたいだぜ」

「そりゃ皇女様が来てるんだ、豪華どころじゃないだろ」

するると、アーサーはとんでもないと両手を振る。

「ちげえよ、待ってる間に小耳にはさんだんだが、皇女様以外にも予想外のメンツが見に来てるらしいんだよ」

「へえ？」

「普段は魔術学院なんて興味ないって感じで見学に来る冒険者はそんなにいないのに、今年は何故か来てるんだよ、Ｓ級冒険者が！」

「Ｓ級？」

「そう、しかもあの〝元騎士〟ガンズ！」

ガンズ……俺とニーナの入学試験の時の担当魔術師だった男だ。

そして、俺がヴァンだと知っている数少ない人物でもある。

「ガンズか」

「さすがにノアも知ってるのか？」

「入学試験の時、俺とニーナの担当魔術師だったからな」

「まじか！　じゃあお前たちを見に来たのかもな」

「はは、どうだかな」

俺がヴァンだと知ってるということは、きっとアーサーの言う通り俺を見に来たんだろうな。

抜け目ない奴だ。

「それに、学院長に並ぶ六賢者の一人ヴェルディに、聖天信仰の代行者筆頭魔術師、ヴィオラ・エバンス……かなりの名だたる魔術師が見に来てるみたいだぜ」

「聖天信仰の執行者……」

聞いたことがある。聖天信仰と呼ばれるこの大陸で広く信仰されている考えで、確かアイリスの二つ名であるレヴェルタリアも聖天の女神の名前だったっけか。

聖天信仰の〝力〟である執行者……その筆頭魔術師ということはかなりの実力者なのか。

「かなり謎の多い人物だけどな。六賢者は学院長みたいに堂々と顔出ししてるけど、聖天のヴィオラさんは滅多に人前に出ないらしいぜ？　黒髪美女の魔女……いいねえ」

アーサーは呆けた顔でにやける。

ヴィオラ……黒髪の魔女か。髪の色こそ違うがなんだか雰囲気がシェーラに似ているな。

「とにかく、今回の注目度は例年よりも高そうだぜ。何せ皇女が来るくらいだからな！」

「そうみたいだな」

「ここで優勝すりゃあ、さすがの俺の家も復興できるはず……！」

「はは、頑張るしかねえな」

「おう！」

と、その時、司会を務める上級生が声を張り上げる。

「これより!!　Aブロック予選を開始します!!」

瞬間、うおおお!!　っと雄たけびのような歓声が闘技場で上がる。

遂に、歓迎祭が始まる。

「トップバッターを務める、Aブロックの新入生の入場です!!」

選手控室から、レグラス魔術学院の制服を見に纏った男女十一名が、ゆっくりと現れる。

「ニーナちゃあああん、頑張れえええ!!」

アーサーの大声に、ニーナは恥ずかしそうにこちらに手を振る。

全員が中央の闘技台に集まり、等間隔に散らばる。

予選のルールは簡単。

相手を戦闘不能、あるいは場外に飛ばし、最後の一人になったものが本戦へと進む。制限時間はなし。なんでもありの魔術戦。

ある程度の怪我は、一流の回復魔術師が待機しているから問題はない。

だが、恐らくその問題ないという基準も新入生レベルを想定してのことだろう。〝黒雷〟のような術は使わないのが得策か。さすがの俺も殺人者として歓迎祭に名を刻みたくはない。

「ニーナさん、私負けませんからね」

「ナタリーちゃん! わかってるよ。でも、私も本気で行くから!」

二人はお互い微笑み合い、キッと前を向く。

会場は静まり返り、ただ風の音だけが聞こえる。

最初の戦いが、今始まる。

これだけ人数がいれば、最初に巨大な魔術を放った奴が有利になる。もちろん、それでガス欠になるようじゃ勝ち残れないが。

「それでは、Aブロック――――はじめ!!」

一斉に全員が構える。

◇　◇　◇

ナタリーは弓を構え、何やら上空を狙っている。上からの範囲攻撃か。

だが、それよりも早く行動する人物がいた。それは――

「〝契りは楔、繋ぎ止めるは主従の盟約。血と魔素、八の試練。今、主従の盟約に準じ、我が召喚に応えよ〟……風の精霊――シルフ！」

瞬間、突風と共に姿を現したのは、翡翠色に光る風の精霊。

『フォオオオオ！！！』

風の力で一気に場外を狙う作戦か！　考えたな。

シルフはググっと身体を縮めると、次の瞬間、一気に身体を爆発させる。

「ルーちゃん、行くよ……！　〝ウィンド・ストーム〟！！！」

刹那、その小さな体から、一気に風が舞う。

小さな竜巻が複数個発生し、一気にAブロックのメンバーに襲い掛かる。

その綺麗で圧倒的な様子に、観客たちがどよめく。

「私だって……ここに一流の魔術師を目指しに来たんだ!! 絶対にここは突破してみせる!! 行け、ルーちゃん……!!」

『フォォォォ!!!!』

召喚したシルフは、ニーナの魔力を餌に次々と激しい風を巻き起こしていく。

ニーナは慣れた手つきでまるで指揮棒を振るように指先を動かす。その動きに合わせ、シルフは闘技場を縦横無尽に駆け巡り、余すところなくその風を叩きつける。

既に二名の力なき一年生が風の力に負け、その脚を場外の地面へと付けていた。

ニーナは風に吹かれながら、険しい表情で必死にシルフを操る。

歓迎祭へと力を入れると決めたその日から、ニーナは自身の魔力総量の底上げに重点を置いていた。

一般的な魔術師の場合、戦闘においては魔術の使い分けや、魔力のペース配分が重要となるが、召喚さえしてしまえばあとは基本的には指示を出すだけのニーナの場合は、それをそこまで気にする必要がない。だからこそ、召喚術はその価値が高いと言われている。使いようによっては、自身の力量以上の戦いができるのだ。

召喚術師にとって最も大事な才能は何かと聞かれれば、召喚術師たちは（そもそも多くはないが）口をそろえて「契約数だ」と言うだろう。

召喚術師が他の魔術師に対して持つ最も大きなアドバンテージは、その多種多様な契約対象からなる圧倒的な手札の数が挙げられる。それはまるで後出しじゃんけんのように、相手の魔術や戦い方によって、適した精霊・モンスターを召喚すれば良いのだから。

だが、召喚術師としてのもっとも大事な才能と呼ばれるその契約数が、ニーナは姉妹の中で最も劣っていた。だからこそ、ニーナは家族に対しての劣等感を拭えないでいた。しかし、その代わりとしてなのか、ニーナは生まれつき圧倒的な魔力量を有していた。

姉たちが手数なら、ニーナは持続力。

それは、召喚術師たちの視点で見れば、手数の多さを補える長所ではなかった。なぜなら、相手に合わせて切る手札を変えるということに比べれば、余程噛み合わない限り一体を出し続けることにあまり意味がないからだ。だがしかし、あらかじめ戦う相手が決まっていて、そしてその対処法がわかっていたとすれば――

「いつまで続くんですかこの風は……!!」

ナタリーは、弓を構えながら苦しそうな表情で愚痴を零す。

「これじゃあ、私の魔術が制御できません……!!」

「私はナタリーちゃんがこのブロックで一番強敵だと思ってたよ」

風に乗り、微かにニーナの声がナタリーの耳に届く。

「じゃあまさかこの風は私への対策ですか!?」

ニーナは、ニッと笑う。

もちろんそれだけではない。場外がある以上、風という力は場を制するのに有利に働くと考えていたのだ。

「俺たちを無視されちゃ困るんだよなあ！！！」

他クラスの男が、ニーナとナタリーの間に割って入るように飛び出す。

強風の中、バランスを保ちながら片腕をニーナへと突き出す。

「公爵令嬢とか関係ねえ!!　こんな風だけで負けて堪るかッ!!」

男の突き出した手から魔法陣が発動し、無数の蔦がニーナへと襲い掛かる。

「召喚術師の弱点は本体！　シルフなんざ無視して術者を直接叩けば関係ねえ!!」

拘束を目的とした蔦での攻撃。

だが、冷静に対処すればこの程度の攻撃は訳ない。

ニーナは指先を振ると、周囲を飛び回っていたシルフがニーナの盾となるように飛び込んでくる。

『フォォォオ!!』

次の瞬間、シルフより高速で打ち出された〝風〟は、目に見えない斬撃となり、今にもニーナに絡みつこうとした蔦たちを粉々に切り裂いていく。

「何っ!?」

そして、その風は一気に男のほうへと吹き抜け、制服の上から無数の斬撃を浴びせる。

「ぐぁあああ!!」

そのまま風の勢いと斬撃の威力で男は場外へと吹き飛んでいく。

湧き上がる歓声。珍しい召喚術に加え、公爵令嬢という注目度。ニーナの戦いっぷりは、見る者を楽しませていた。

「ニーナさん……前から思っていたけど、やっぱり凄いですね……。召喚術師が召喚をしないで戦っていた今までの授業自体がおかしかったんですけど……これが本気ですか……!!」

ナタリーは初めて見る召喚術師の戦いに、噂で聞いていた以上の厄介さを感じていた。

風による妨害と守りに、ニーナに迂闊に手を出せる生徒はこのブロックにはいなかった。最初に風で吹き飛ばされた二名を除き、残りのメンバーでお互いに数を減らし合う。

しかし、弱ったところを見逃さず、ニーナのシルフは追い打ちをかけるように範囲攻撃を仕掛ける。

そうして気付けば一人、また一人と減っていき、最後にその場に残ったのはやはりと言うべきか、ニーナとナタリーの二人だった。

二人は向かい合い、互いの距離を測りあう。

「はあ……はあ……」

ナタリーの息が上がる。

すでに開始から大分時間が経っていた。しかし、召喚されたシルフは消える気配がない。明らかにナタリーにとって天敵であるシルフへの打開策として、ナタリーはニーナの魔力切れを狙っていた。はずなのに――

「なんで……まだそんなピンピンしてるんですか……!!」

「特訓の成果です！」

「そんな馬鹿な……！　くっ……埒があきません……〝トリプルアロー・エンチャントサンダー〟‼」

低い姿勢から放つ、雷撃を纏った三本の矢。

意思を持ったかのように地面すれすれを這い、低空の軌道でニーナに向かう。

風の影響を受けない軌道を選んだ離れ業。繊細な魔力コントロールがなければこれほどすれすれの軌道を描くことはできない。ニーナの風の防御と、風の遠距離攻撃。これを掻い潜る。

なるべく風の影響を受けない軌道を見つけ、矢を放ち、そちらへ注意が向いている間に隙を見つけ一気に距離を詰める。勝機は、魔力切れか近接戦闘。しかし、魔力切れを狙う作戦はこのニーナの戦いを見る限り望み薄。残されたのは近接戦闘一択。

ナタリーがすべきことは、ひたすら攻撃の手を緩めず、接近する機会を待つ。

――はずが。

「はあ‼」

「なっ⁉」

ニーナは矢をシルフの風で吹き飛ばすと、そのままシルフの風を追い風に一気にナタリーに詰め寄る。

それは完全にナタリーの頭になかった行動だった。完全に不意を突かれていた。授業でもニーナが接近戦を上手くこなしていた姿は見たことがない。

（ブラフ⁉　召喚術師が近接戦⁉　他の狙いがあるんですか……⁉）

その一瞬の思考が、ナタリーに反撃のタイミングを遅らせる。

気付いた時には、風に乗ったニーナは既にナタリーの眼前に迫る。

「くっ‼」

飛び掛かるニーナの着地を狩ろうと、ナタリーは咄嗟に一歩後退し、下段への回し蹴りの構えをとる。しかし、見透かしたかのような正面からのシルフの斬撃とナタリーの背後からの追い風。

慌てて弓本体で斬撃を弾くも、後方からの風にバランスを崩し、ナタリーはよろけてニーナの前に飛び出してしまう。

ガンズが試験の際に使っていた戦法。

風魔術をサポートに使う元騎士らしい戦い方。まさかニーナがここまで前線に出てくるとは、ノアでさえ予想外であった。

常に一緒にいたノアでさえそれなのだから、ナタリーにとってはまさに青天の霹靂。

「いっけえええええ！」

ニーナは手に持っていた魔本を閉じると、思い切り振りかぶる。

本の背表紙が、ナタリーの顔面に吸い込まれるように水平な軌道を描く。

「くっ……！」

しかし、ナタリーは咄嗟に腕で顔をカバーし、ニーナの攻撃はナタリーの腕に弾かれる。

――が、バランスを崩したところへの攻撃は完全にナタリーの体勢を崩し切り、ナタリーはズザザッと場外に倒れ込む。

瞬間、大歓声が上がる。

ニーナは、はあはあと大きく息を吐き、唖然とした表情で周りを見回す。

その光景に圧倒されていた。

「――終了〜〜！！！　Aブロック勝者は、ニーナ・フォン・レイモンド!!」

本戦最初の出場者は、ニーナに決まった。

◇◇◇

「へへ、勝った！」

ニーナは席へ戻ってくると満面の笑顔でニッと白い歯を見せ、Vサインをして見せる。少しだけ息を荒らげ頬は紅潮し、前髪が汗でぴったりと額に張り付いてる。

「おう、お疲れニーナ」

「いやあ、すげえよニーナちゃん！　本戦出場おめでとう！」

「ありがと！　あーよかった、これで少し気持ちが楽になったよ」

そう言い、ニーナはルンルンで俺の隣に腰を下ろすと、ふうっと息を吐き呼吸を整える。

「また魔力量が上がってたな。近接戦闘も大分上達してたしよ」

「ふふ、頑張って修行したからね。秘密特訓の成果が出て良かったよ」

「ガンズの戦いを参考にしたのか？」

「そう！　場外ありだったらルーちゃんが適任だと思ってね。きっと召喚術師が直接向かってくるなんて考えてないだろうから不意をつけるかなーって」

興奮が冷めやらないといった様子で、ニーナは少し早口で言う。

今日までいろいろと考えて特訓を積んできたようだ。その成果は、遺憾なく発揮されたわけだ。

「さすがだな。——ただ、相手がわかっていて準備ができるのはここまでだからな。こっからが本番だぜ？」

「うん……！　私の持ってる手札で何とか乗り越えてみせるよ。魔力はまだ何とか残ってるし、きっと大丈夫……！」

「まだ魔力残ってんのニーナちゃん!?　無尽蔵かよ……」

さすがのアーサーも、ニーナのスタミナに度肝を抜かれる。

召喚は魔力を常時消費し続けるのは周知の事実。しかも、今の試合ずっとシルフに魔術を使わせ続けていた。リムバ演習の時はここまで長時間の召喚はできなかったはず。何かコツを掴んだか。

「はは、楽しみだな。さて、Bブロックは誰が勝ち上がるのか。そいつと当たるわけだからな」

「ちゃんと見ておかないと……！」

そして、試合は着々と進んでいった。

Bブロックは前評判通り、リオ・ファダラス——重力姫がうちのクラスの天才肌魔術師であるモニカを破り本戦へ進出を果たした。

まだ全力を見せていないであろう余裕な勝ち上がりだった。

ピンクのツインテールを振り乱し、不気味な笑みを浮かべながら圧倒的な力を見せつけた。まるでバーサーカー。

そりゃ一般的な生徒から見ればキマイラを倒した俺と同格に見ても無理はないだろうという戦いっぷりだった。重力魔術を前に、ほとんどの生徒が成すすべなく降参していった。本戦ではあれを本気で使ってくるとなると、かなり厄介な魔術ではありそうだ。

そしてCブロック。勝ち上がったのはルーファウスだ。

さすが貴族の中でも氷魔術は随一の家系だ。それに、俺と戦った時よりも魔力に繊細さが加わったように見える。前は傲慢な態度と同様に魔術も才能にかまけた大味な印象だったが、大分考えながら戦っているようだった。まあ、順当だろう。

Dブロックは、レオの口から名前の出ていた強化魔術を使う男、ムスタング・オーデュオンを破り、水魔術を使うキング・オウギュスタが勝ち上がった。

続いてEブロック。

「私がこんなところで負けるわけないでしょ。ま、見てなさいよ。A級冒険者の力見せてあげるから。ノア、あんたを倒すのは私よ」

そう言い、意気揚々と自信満々な表情で戦いの舞台へと降り立ったクラリスは、そんな大口叩いて……それ負けフラグじゃねえか！　というアーサーの軽口をものともせず、圧倒的な強さで本戦出場を果たした。

続くFブロックでは名前も聞いたことのないライセル・エンゴットという謎の男が、気付いたら一人だけポツンと立っており、誰も何が起きたかよくわからないまま本戦へと勝ち進んだ。

これがダークホースというやつだろう。レオも、興奮気味に何が起こったかわからなかった……！　と目を輝かせていた。

――そして、とうとう残り二ブロック。

俺のHブロックと、その前のGブロック。

Gブロックのメンバーは……。

「き、来ちまったぜ……おいおいおいおいおいおい!!」

アーサーは緊張した面持ちで目をカッと見開いている。

まあ、無理もない。

アーサーと同じブロックには、うちのクラスでも上位の活躍を誇るヒューイとレオがいるのだから。

特にレオは俺から見ても良い魔剣士だ。それに、向上心も野心もある。一筋縄じゃいかないだろう。

「落ち着けよ、アーサー。予選で当たったほうが有利だとか言ってたのはどこのどいつだよ」

「お、俺だけどよ……なんかあれお前に乗せられて言っちゃったような気がするんだが!?」

「んなことねえよ」

ないことはないが。

「確かに二人とも強敵だけどな。ただ、他のメンバーはパッと見じゃあ名前の聞いたことがある奴はいねえし……まあさっきみたいにダークホースで勝ち上がってくる奴もいるかもしれないけどな」

「うぅ……」

「まあ頑張れよ。それがお前になるかもしれねえんだぜ？　別に俺はアーサーだって弱いとは思ってねえ」

「ノアぁ……。もちろんノアは俺を応援してくれるよな!?」

「当然だろ。俺は本戦でお前とも戦ってみたいぜ？　勝ち残れば俺とだからな」

「！」

その言葉に、アーサーの目つきが変わる。

「そういやそうだったな。ここで勝てば本戦一回戦はノアとだ……！　今ので腹くくったぜ……待ってろノア！　お前は絶対本戦に行くだろう。だったら!!　親友の俺が行かなくてどうするって言うんだ!!」

アーサーはバチンと自分の頬を叩く。

少し赤くなった頬で、アーサーはいつものようにニカっと笑う。

「見とけよノア！　それにニーナちゃんもクラリスちゃんも！　俺も続いてやるからな!!」

「頑張って、アーサー君！」

「せいぜい頑張んなさい。Aクラスからもう私とニーナが勝ち進んでるし、ノアも絶対勝ち進む。ここまで来たら本戦の半分をAクラスで埋めるわよ」

そう言い、クラリスはニヤリと笑う。

「おう……！　行ってくるぜ！」

アーサーは、ローブを颯爽と翻し、しっかりとした足取りで闘技場へと向かっていった。

◇　◇　◇

「くっはは……いきなりお前と戦えるとはなあ」

ヒューイは目を細め不敵に笑う。

ニヤリと上げた口角から声が漏れる。

「ヒューイ……。僕も君と戦えるのは楽しみにしていた」

レオはヒューイとは裏腹に、淡々とした表情で言う。顔は笑ってはいないが、レオも同様にヒューイと戦えることを本当に楽しみにしていたことがわかる。

ヒューイはレオの言葉に、更に口をゆがめる。

「くっはっは！　俺ぁよお、今飢えてんだよ。どーも最近俺様の価値が貶められちまってるからよお」

「そんなことはない。キマイラのことを言っているのなら気にするな。他のチームメンバーを逃がし、直接やりあったというのに生きていただけで充分さ」

「くぅ、言ってくれるねえ」

ヒューイは大げさに泣き真似をすると、肩を竦める。

「――兎に角、俺はここで挽回しなきゃなんねえのよ。その相手に相応しい奴と予選で当たれるとは俺はラッキーだぜぇ……！！！」

「僕も光栄さ。君の魔術の輝きを見せてくれよ。追い詰められ、反発するためにため込んだその力……。僕の剣で相手するに相応しい、相応の輝きを見せてくれるはずだ」

「何言ってるか理解できねえが、どうやら俺を敵として見てくれるみてえだな」

「もちろんさ。より強く輝く魔術師を斬ってこそ、僕の剣が輝く」

「おぉおぉ、おっかねえ。――っと、どうやらやる気満々なのは俺たちだけじゃねえみてえだぜ？」

二人は同時に背後に目を向ける。

そこには、腕を組み仁王立ちする一人の男が立っていた。

「俺を忘れてもらっちゃ困るぜ!!」

アーサーは束ねた髪を振り乱し、グッと親指を立て自分を指す。

「アーサー、君も同じブロックだったな」

「へへ、眼中にねえっと」

「そういうわけじゃないが」

「――まあいいさ、そっちのヒューイとかノアみてえに俺を脅威として見てる奴がいねえのはわかってたさ」

アーサーはやれやれと首を左右に振り溜息をつく。

そしてゆっくりと顔を上げる。その目は諦めている男の目ではなかった。

没落した名家を立て直すためにこの学院に入学した。一度落ちた名声をもう一度得るためには、過去の栄光を超えるだけの功績が必要となる。アーサーは、この学院のトップを取り、本気で偉業を成し遂げようとしていた。

しかし、出会う魔術師は皆曲者揃い。名家に貴族、冒険者。スタートから自分を上回る実力の持ち主たちばかり。そして何より、入学式で仲良くなった隣の男は、名家でもなく貴族でもなく、ただの平民出身の男なのにもかかわらず、その才能はこの新入生でも――いや、アーサーからすれば、この学院ですらトップを取ってしまうのではないかと思うほどの実力の持ち主だった。

本物と出会ってしまった。

この学院でトップを目指そうと語り合った親友は、恐らくアーサーの目標において最も高いハードルとなる存在だった。

だが――

「負けるわけにはいかねえのよ……!!　俺は、本戦でノアと戦う!!　本物に勝つんだよ、この大舞台で!!」

アーサーの気迫に、レオもヒューイも僅かに表情を変える。

わかっているのだ。

魔術の戦闘においては、僅かな気合の差で勝ち負けがひっくり返ることもある。

レオは僅かに微笑む。

「……いいね、アーサー。相手が全力で向かってきてくれたほうが、僕も皆もより輝くというものだ」

右手を前に翳すと、黒く光る細身の剣が、どこからともなく出現しレオはその柄を握りしめる。

それは、アルバート家に代々伝わる魔術、〝剣召喚〟。

アルバート家の所有する数百の剣を異空間より取り出す魔術。それは、ニーナの召喚術に近い。

魔剣士とは本来、ガンズのように魔術と剣術を融合して扱うことが多い。しかし、レオは特殊中の特殊。レオ自体が魔術を使うことはほとんどなく、その魔力のほとんどをこの〝剣召喚〟に充てている。召喚する無数の剣にて、予想外の攻撃を繰り出し戦う。

その戦いっぷりはまさに剣神の如く。レオは、歴代のアルバート家の中でもひと際高い才能を持つ。剣に選ばれた男。

「ごたごた言ってねえで、さっさと始めようぜ、レオ……！　それに、てめえもな、アーサー!!」

「あぁ……やってやる！」

「始めろ!!　俺様が勝者だ!!」

「それでは……試合開始っ!!」

「――さあ、予選を始めようか」

瞬間、地面が神々しく光る。一目でわかる大規模な魔術の発動の予兆。

そしてその中心は、不敵に笑うレオだ。

「まずは数を減らそう。避けられるか？　――来たれ、剣たち」

レオはひゅっとその手を上に上げる。

瞬間、地面から一斉に無数の剣が飛び出してくる。

「ぐっ……!!」

その数、実に数十。一瞬にして広がる針の山。

何の前触れもなく、躊躇なく繰り出される無慈悲な攻撃に全員の判断が一瞬遅れる。

「――うおおぉぉぉああああ!!」

しかし、アーサーの足元から伸びた剣は、その中腹からぽっきりと真っ二つに砕ける。アーサーの手には、氷で作られた二本の剣が握られていた。

「効かねえぜ……!!　そんな初見殺し！」

「さすがにナマクラじゃあ傷つけられないか。想像以上だよ、アーサー」

「何笑ってやがる！　生憎、この程度の剣じゃ俺の魔術は突破できないぜ！」

「いいね。やっとそれらしくなってきた。彼らみたいにつまらない戦いはしないで欲しいからね」

「彼ら？　何を…………なっ!?」

アーサーはその光景に目を見張った。

自分が地面から伸びる剣を相手取っていた僅かな時間に、レオは目の前の光景をやってのけたのだ。

手に持つ黒い剣からは、赤い血がぽたぽたと滴り落ちている。

そして、レオの周りには三人の生徒が横たわっていた。

「あの一瞬で……」

「楽しませてくれよ、アーサー、ヒューイ。君たちの力を僕に見せてくれ」

Gブロックの戦いが今、開戦した。

戦いは激化した。

やはり突出して強いのはレオ・アルバート。そして、それに追いすがるようにヒューイたちが続く。

至る所から剣を召喚するレオは完全に場を制していた。

ニーナのシルフによる風魔術や、クラリスの炎魔術、リオ・ファダラスの重力魔術。乱戦において、広範囲に影響を及ぼす魔術はそれだけで厄介だ。

戦いの流れは、すぐに決まった。まずはレオを倒さなくてはならない。それが他の一年生たちの共通認識だった。

まずは場を制しているレオを戦闘不能にする。しかし、現実はそう上手くいかないものだ。

様々な魔術も、レオの剣技により無力化されていく。

一本の剣が使えなくなっても、地面に刺さった剣に器用に持ち替え返す刀で反撃する。空中に追いやられ足場がなくなっても、すぐさま新たな剣を召喚し応戦する。

まさに攻防一体の技。魔術の力もさることながら、洗練された剣術は相手の魔術の起動の瞬間を読み、的確にその芽を摘む。

この場にいる誰もが薄々感づいていた。明らかにレベルが違うと。

入学前から名が知れ渡り、貴族にして魔剣士の名家であるアルバート家。所詮は噂、実際に戦えば自分のほうが上だと誰もが思っていた。むしろ、そう思えるような自信と実力を持っている者のみが入学できるのがこの学院だ。しかし、この現実は彼らの想像をはるかに超えていた。

「くっは……！　やるじゃねえか……‼　授業じゃ本気出してなかったってわけかよ！」

「当然だろ？」

「まあ俺もだけど――――なあ‼」

ヒューイが両の拳をガンとぶつけ、吼えると一気に岩の波がレオに襲いかかる。

既に残されたメンバーは四人。

ここでレオを倒したものが、本戦へ進める。

「うおぁ!!　手加減はしねえぜ!!」

「――甘あああい！！！！」

瞬間、全力で突進してきた男が、ヒューイの岩を斧で粉々に破壊する。

筋骨隆々。見るからにパワーの漲る男。

「あぁ!?　んだてめえは」

「我はCクラス、デュラン！　レオ・アルバートの相手はこの私が務める！」

「なまいってんじゃねえぞ!!」

「御免！」

次の瞬間、思い切り叩きつけたデュランの斧から炎が立ち上る。炎の壁が出現し、闘技台は真っ二つに分断される。

「これで邪魔はしばらく来ない！　さあ、魔剣士同士決着を付けましょう、レオ・アルバート」

「はは、僕は魔術の輝きが見れるなら誰から相手でもいいよ」

一方で、炎の反対側。

「ちっ……この炎をどうにかしてる間に終わっちまう！　まあレオが俺以外に負けるわけはね

えが……」

「おいおい、俺を忘れちゃいねえか!?」

「……アーサーか。はっ、ノアの影に隠れてるお前が何できるって言うんだよ」

「！　……そう見えても仕方ねえかもしれねえ。……だがな、俺だってやるときはやるんだよ!!」

アーサーは持っていた氷の双剣を思い切り地面に叩きつける。

瞬間、魔法陣が発動する。

「おいおい、何おっぱじめる気だ？」

「俺のとっておきだぜ……!!　ヒューイ、まずはお前を倒す!!」

冷気が足元を這うように広まり、ヒューイも思わずぶるっと身震いする。

アーサーの魔術は氷魔術。しかし、ルーファウスなどのメジャーな氷魔術とは違い、精々武器を生成できる程度の規模でしか氷を生成できなかった。ただし、彼らと唯一違うのは、それに付随する保冷効果だった。

ルーファウスなどの氷魔術は、発動直後から溶け始め、いずれ水となる。気温が高いところで発動すれば、その効果は半減すると言ってもいい。しかし、アーサーの氷魔術は武器として利用することを前提に受け継がれてきたものであるため、常に冷やし続けるという魔術式が組み込まれている。

しかし、かつてエリオット家が名家として名を轟かせていた頃、その魔術の攻撃用途は武器として使うだけではなかった。本来武器として使うため、その強度を担保するために発展した冷気を纏う魔術が、別の用途として発展を遂げた。自身の周りのフィールドを、より戦いやすい環境へと長時間変える大技。

しかし、それを操れるだけの魔術師はそれ以降生まれることはなかった。

──しかし、アーサーはエリオット家に生まれた久しぶりの天才児。先代の残した術を完璧に使いこなすことができる、エリオット家復興の希望の星。

「──〝薄氷展開〟」

瞬間、闘技台上に薄く氷の膜が張られる。それは目に見えないほど薄く、立つだけでもやっとというほどの滑り具合。本来武器として形作るだけの質量を、薄く広く伸ばす。

雪国の出身ならまだしも、この暖かい国で育った魔術師で、さらに靴にも滑り止めを施していない生徒がまともに立っていられるわけがない。

「ぬおっ……んだこれ……！」

ヒューイは今にも倒れそうになりながらバランスを保ち、やっとのことで立ち続ける。

「ここからは俺の独壇場だぜ……！」

結果として、レオに割り込んだ男が放った炎による闘技台の分断は、アーサーにとって功を奏した。

この闘技台全体を凍らせるほどの広範囲魔術をアーサーの氷魔術は有していない。それだけの広さを冷気でカバーしきることはできないのだ。だが、真っ二つとなった今なら、対ヒューイでの範囲のみ、自身のフィールドに引きずり込むことができる。

アーサーの足の裏に生成された氷は刃のように鋭く、それを氷の上で滑らせることで高速で移動する。

そのスピードの上、慣れない氷上での戦い。ヒューイの顔が僅かに歪む。

これがアーサーのとっておき。ぶっつけ本番、練習では手の内を見せられない大技。

迫りくるアーサーに、何とか岩を生成して足場を作りだすヒューイ。

しかし、突然の状況に完全にパニックに陥っているヒューイに、咄嗟にアーサーの攻撃に対応できるだけの経験値はない。それはまさに、これからこの学院で積んでいくはずのものだ。

「ぐっ……厄介過ぎるだろぉ!!　〝破岩〟！」

砕けた岩の塊が、隕石のように降り注ぐ。

しかし、それを氷の上のスピードで軽々とアーサーは避ける。さらに、自ら発生させた岩のせいで、一気に死角が増え、高速で移動するアーサーの姿をヒューイは見失う。

「どこだ……落ち着け、俺様が勝てない相手はいねえ……！」

ヒューイは一点に狙いを定める。

岩と岩の隙間。その間だけに狙いを集中させて一撃で決める。速攻魔術〝ストーンバレル〟。

高速で打ち出される岩は、鉄をも砕く。ただし、これだけ氷の上を高速で移動するアーサーを狙い撃ちすることはできない。ならば、自ら設置してしまった岩を照準と見立て、その間に飛び出してきた瞬間を狙う。

――さあこい……一撃で仕留める……！

次の瞬間、ヒューイは動く影を捉える。

「もらった!!」

放たれた弾丸は、影を完璧に捕らえ、貫く。

「やったか――!?」

しかしヒューイが打ち抜いたそれは、自身が最初に放った岩石の一部だった。

「なっ――――」

「チェックメイトおおお!!」

ヒューイの背後から飛び出したアーサーが、完全に虚を突いたヒューイの顎先に右ストレートをお見舞いし、ヒューイは脳を揺さぶられその場に倒れる。

瞬間、歓声が上がる。

「くそがぁ……！」

「おいおい、ナークス家の少年を……」

「エリオット!?　没落したんじゃなかったのか!?」

まさかのアーサー勝利に、ざわつく会場。

だがそれをよそに、アーサーは炎の先を見据える。その姿勢に、一切の隙も余裕もない。

少しして、揺らめいていた炎が一瞬にして消える。

たった一薙ぎ。それだけで、奴はその炎を払ってみせた。

足元には、先ほど斧を振り回していた大男が。

レオはちらとヒューイを見ると少し驚いた顔をした後、笑みを浮かべる。

「へえ、やるな。彼も決して弱い魔術師じゃなかった」

「それが俺の実力ってわけさ。ノアと戦うのは俺だ、レオ……！」

「いい覚悟だ。……Gブロック最後の戦いを始めよう」

氷の欠片が舞う。

静寂の中、甲高い金属音を上げながら幾度となく刃がぶつかり合う。

まだ数分にも満たない剣戟だが、明らかにアーサーは押されていた。レオの匙加減次第で、いつでも最後の一太刀を浴びせられそうな、そんな危うい綱渡り。

しかし、アーサーはそれでも必死で食らいつく。

アーサーは既に満身創痍。頬や腕に切り傷を作り血を流し、息を荒らげている。レオ・アルバートの剣術は圧倒的で、その手数は明らかに常軌を逸していた。

数発の攻撃を受けるたびにアーサーの氷の双剣は砕かれ、すぐさま新たな剣を魔術で生成し応戦する。

レオの猛攻を防ぎながら先ほどのヒューイとの戦いで見せた魔術を使うことができる隙などなかった。もし使えたとしても既に完全に火が収まった闘技台は広く、全範囲をカバーすることはできない時点でレオ相手に役には立たないだろう。

「くそっ……‼」

第二の奥の手として、アーサーはレオの足元を瞬間的に凍らせ自由を奪う。

しかし、それをこともなげにレオは捌いてくる。

普通の剣士ならばそれで一気に体勢を崩し攻撃に転じられるはずなのにと、アーサーは歯がゆく思う。

それに恐らく持っているはずであろう〝魔剣〟の類がまだ召喚されていない。地面にある剣と、手に直接召喚した黒剣のみで攻め立てる。

アーサーに使う必要はない——そう判断されたのだ。

戦いは続き、少しずつ「もうやめてあげて」と観客席から悲痛な声が漏れ始める。

だが、会場の誰もがアーサーを哀れみ始めるなか、レオだけは違う感情を抱いていた。

「驚いた、意外に粘るな。僕の中での君の姿と今の君とで大分乖離があるな」

純粋なレオの疑問に、アーサーは答える。

「はっ……男なら、夢のために……逃げれねえ時もあるだろうが……！　いつも逃げてばかりじゃいられねえのよ」

「夢……家の復興か？　何が君をそこまで突き動かす？」

「優秀なお前にはわかんねえだろ……俺の肩にかかってる一族の願いの重さが……悲願が！　今はまだ無理でも前を向かなきゃ、夢を見れねえだろ……！　お前は強い……だが、ここで立ち向かわねえと、本当に終わりだ！　見上げるばかりじゃいられねえんだよ……命燃やして、ボロボロになってでも手を伸ばす……俺は……俺は、エリオット家の男だ!!　最後まで戦い抜いてこそ、言葉に意味が生まれんだよ！　トップを取るってのは、口だけじゃねえ!!」

その言葉は、レオの胸を打った。

ただ己の愉悦……魔術の輝きだけを求め戦うレオとは違う価値観。レオは天才だ。天才故に、家の名など微塵も気にしたことはなかった。自分の進む道に、他人の介入などいらない。自分の残した軌跡こそがすべてなのだと。

だが、その新たな価値観にレオはアーサーを追い詰めながら――感激していた。

「凄いな……まさに命の輝き。そういうのもあるのか。その瞬間にこそ魔術は美しく花開く。――そしてそれを摘むのは強者の務めだ。僕は少しばかり驕っていたようだ」

全力には全力で。

瞬間、アーサーを蹴飛ばし、レオは後退する。

「ぐっ……！　はぁはぁ、どうした……攻め立てるのも限界か……!?　俺はまだピンピンしてるぜ……！」

「ボロボロになりながらも家の名に懸けて虚勢を張る君に敬意を表し、一撃で屠ることにした。手加減は無粋だったようだ。……君なら、この一撃を喰らっても絶望せずまた立ち上がってくれるだろ？」

その構えは非常にシンプルで、ともすれば隙だらけに見えた。しかし、アーサーは直感的に理解する。

これは……ダメだ……！

身体が逃げようと悲鳴をあげるが、アーサーはそれを振り払い真正面から受けて立つ。

ここで逃げちゃ、ノアには一生追いつけねえ。

身体も限界。これを耐えきり、堂々と――

「アーサー。目が覚めたら、また戦おう――来い、〝魔剣アルガーク〟」

禍々しい黒と黄色の剣が、レオの前に召喚される。構えるその姿はまさに強者の風格。

瞬時に悟る絶望。しかし、アーサーはわずかに口を歪ませながら人差し指をたて、ビシッとレオを指さす。

「……すぐに追い越す。待ってろ、天才ども」

「いい覚悟だ。――〝暁の一撃〟」

刹那、眩い光がレオの魔剣から放たれる。

音のない、包み込むような光。

「ぬおおおおおおおおああ！！！」

後には静寂だけが残った。

◇　◇　◇

「アーサー君大丈夫なの!?」

ニーナが慌てた様子で身を乗り出す。

「落ち着け。大丈夫だ。あいつは、トップを目指してる男だぞ。意地でも耐えるさ」

「そんな根性論……」

レオの攻撃が晴れると、そこには微かに震えながら地面に横たわるアーサーの姿があった。

すぐさまレオの勝利を告げるアナウンスがなり、回復術師がアーサーに駆け寄る。素早い処理で、アーサーの傷はあっという間に治癒されていく。

あの様子ならば問題ないだろう。レオもそこまで鬼じゃない。恐らく、現時点での実力の差を教えておきたかったんだろう。レオなら剣術だけでアーサーを圧倒できた。それでも魔剣を使ったのは、レオなりのアーサーへの信頼だろうな。

凄かったぜ、アーサー。普段とは比べ物にならねえくらいにな。

だが結局、大番狂わせは起こらず、順当にレオが勝ち残った。あれは確かに……強いな。同年代なら敵なしだったことだろう。

アーサーはヒューイを倒せただけでも大金星だ。あいつにしてはよくやったほうだ。

「大丈夫かな……」

まだ不安そうなニーナに、俺はそっと頭を撫でる。

「平気さ。あいつも一流の魔術師だ。うまく攻撃を致命傷から避けていた。やるときはやる奴だよ」

「……まったく、アーサーのくせにカッコつけちゃって」

クラリスは少し俺たちから顔を背けるようにぼそっとつぶやく。

「はは、クラリスに認めてもらえりゃあいつも喜ぶだろ」

「うるさいわね。……次はあんたでしょ」

「そうだノア君！　頑張ってね……！」

「ノアあんた、因縁の対決じゃないの？」

そう言い、クラリスはにやっと笑う。

「因縁？」

ピンとこない俺に、クラリスは呆れた様子で肩を竦める。

「呆れた。もう忘れたわけ？　あんたを目の敵にしてた、皇女様を救ったとかいう奴が出てくるでしょ」

「あぁ、そういえばいたな」

あの嘘つきか。完全に忘れてた。

「その感じ……眼中にないってわけね。どんだけ図太い神経してんのよ」

「まぁ俺が最強だからな。相手は関係ねえ。ただありのままの実力を見て、冷静にねじ伏せるだけさ」

「相変わらず凄い自信だけど、信頼できちゃうんだよねえ、ノア君って」

「あんたくらいよ、こいつのこと手放しで信頼してるのは……。私はいつか足元掬われるんじゃないかって思ってるわよ」

クラリスはげんなりした様子でため息をつく。

「――まぁでも、あいつは少し調子に乗って気に食わないからさっさと現実見せてやりなさい。ニーナだってあんたが本当は助けたと思ってるみたいだし」

「助けたとかは知らねえが……ま、期待に応えてやるさ。奴のファンには悪いがな」

「頑張って、ノア君……！」

激しいGブロックも終わり、とうとう予選最後の戦い、Hブロックの戦いが始まろうとしていた。


「次、知ってる？」

「何が？」

「Hブロックだよ。なんでも、あの事件の英雄が出るらしいぜ？」

「あの事件？　誰だよ」

「皇女襲撃事件の犯人を捕まえたっていう、レグラス魔術学院の生徒だよ」

「まじで!?　一年生なのか!?」

男はニヤリと笑って頷く。

「確かな筋の情報だよ。皇女様は誰が助けてくれたか見てなかったようだから今まで公にならなかったけど、どうやらかなり確からしい」

「おいおい……だから今回は皇女様が見に来てるのか!!　で、誰なんだ？」

「――レーデ・ヴァルドって奴らしい」

「ヴァルド……そういや、さっきも皇女様が楽しげに手を振ってたよな……この学年にいるのは間違いないのか」

「その通り！　次の戦い、相当やばいことになるぞ！」

そんな噂話が、至る所から聞こえてくる。

どこで誰が話を広めたのやら、レーデのことを知っているのはもはや学院内の生徒だけに留まらない。皇女様を救った謎だったはずの人物が、Hブロックで戦うらしいという噂も相まって、このブロックの注目度は爆上がりしていた。

シェーラからの課題。この学院で対人戦を学び、存分に暴れてくること。

演習は所詮は一年生の中でしか目立つことはできなかったし、アイリスのことも余計な厄介ごとを避けるため黙ってきた。

しかし、今回は違う。

学院の内外に、堂々と俺の実力を知らしめることができる絶好の機会だ。ここで優勝すれば、少なくとも俺の名を知らしめるのには不足はないだろう。

普段なら、レーデ・ヴァルドがアイリス救出の名誉を被ってくれることはありがたいところなんだが、タイミングが悪かったな。注目を浴びる中で負けてもらうことになりそうだ。

まあ別にレーデ・ヴァルドを俺が倒したからと言って俺が救ったということころまで話が飛躍することはないだろ、多分。

俺はそんなことを考えながら、待機室へと向かう。

「君ね」

と、不意にすれ違った人物から声を掛けられる。

その雰囲気に、俺は思わず身体を戦闘態勢へと移行する。

明らかに、かなり手練れの魔術師の気配。シェーラと似た、魔女の気配。

「あら、そんなに警戒しないで」

その人物は、両手を上げて敵意がないことを示して見せる。

「――そう、君が」

その声は女性の物だった。少し低く、落ち着いた色気のある声。

白いフードを被り、その間から長い艶やかな黒髪が見える。

「……どちら様で？」

「私はヴィオラ。ヴィオラ・エバンスよ」

「ヴィオラ――」

アーサーの奴が言ってたな……聖天信仰の代行者筆頭魔術師、ヴィオラ・エバンス。代行者……確かいつかシェーラに聞いたことがある。聖天信仰の教えを遂行する魔術師集団、だったか。

かなりの実力者が揃っていると聞くが、その筆頭か。確かに雰囲気だけでわかる強者感。こいつはなかなか。

「何か用ですか？」

「んー…………」

ヴィオラは何も言わずぐっと俺の顔を覗き込むと、じーっと俺の目を見つめてくる。何を話すでもなく、ただじーっと。

少しして、納得した様子で顔を離す。

「あの氷の女の言う通りね。確かに……」

「はい？」

「いいえ、こっちの話。君、なかなか強そうね。楽しみにしてるわ試合」

「はあ……。どうも」

「期待通りだと嬉しいんだけれど。わざわざ来たんだからしっかり見定めさせてよ」

そう言い、ヴィオラはニコリと笑うとローブを翻しスタスタとその場を去っていった。

なんだったんだ……。訳がわからん。

「みーちゃった、みーちゃった～」

そう楽しげな声で俺に話しかけるのは、フレン先輩だ。

青い長い髪を靡かせ、フレンはにんまりとこちらを見る。

「なんすか……面倒な絡みは止めてくださいよ」

「ふふ、すみに置けないなあ～あんな美人と蜜月関係だなんて」

「蜜月じゃねえ」

「私じゃ不満？」

フレンはウルウルとした瞳で俺を見上げる。

これで何人の男たちが篭絡されてきたのか……。

俺は顔を近づけるフレンの頭を掴み、グイと押しのける。

「わっとっと」

「離れてください」

「つれないな～。――でも、やっぱり君には大分注目してる人が多いみたいだね。私の見立ては間違ってなかった」

「はあ……」

「相変わらずそっけないねえ」

「あんたが胡散臭いからっすよ」

「否定はできない！」

そう言い、フレンはふふふっと笑う。

「ガンズにドマに、代行者筆頭……本当君はやたらと人を惹き付ける」

「まあ、最強っすからね」

「その言葉を口に出せる時点でなかなかのものよ。やっぱり私はあなたがあの麗しいアイリス皇女を救った張本人だと思ってるんだけど。あんな楽しそうに手を振ってる皇女様なんて初めて見たわ。いつも外交の道具で死んだような目をしていたのに」

「詳しいっすね」

「ふふ、まあ仮にも貴族ですから。――で、レーデ・ヴァルド。彼は……まあこの後わかるわね」

それは完全にレーデを信用していないような言いぶりで、自信に満ちていた。

「楽しみね。私、人の手柄横取りする輩って大嫌いなの。――あぁ、別にいいのよあなたは認めなくて。ただ、貴方の力で、是非とも格の違いを見せつけて欲しいものね」

そう言って、フレンはもう一度楽しそうに笑う。

「ま、フレン先輩の思考はどうでもいいっすけど……俺もこの祭りは降りるつもりないっすからね」

「いいね。楽しみにしてるわ」

フレンはぎゅっとハグをしようと両手を広げてくる。俺はさっとそれを躱すと、フレンはつまらなそうに口を尖らせ、踵を返す。

「――じゃあ、頑張ってね。観客席から見てるわよ～」

「頑張ってね、ノア君！」

「見せてやれ……貴様の力を」

ニーナはわかるが、筋肉男ことドマも腕を組み保護者面で俺を見守っている。

レーデのほうは明らかに注目度が上がっていた。ほとんど知り合いではないであろう客から、頑張ってと声をかけられている。噂は相当広まってるみたいだ。

闘技台へと入場し、少しするとレーデがゆっくりと俺のほうに近づいてくる。

「ノア。君にはあの時の借りを返させてもらうよ」

「そんなのあったか？」

俺は聞き返す。

「どこまでも……」

レーデは一瞬イラッとした表情を見せるが、すぐにいつもの胡散臭い爽やかな笑顔に戻る。

「……まあいいさ。この僕は皇女を救った男だ。不本意だが、今日までの時間で僕はその事実を受け入れて堂々と公表する決意をしたよ。――だから、また君のような奴が目立つことは許されない。別に僕はただ目立ちたいわけじゃないけどね。偽物が持て囃されるのは気に食わないのさ」

……こいつやばいな。自分のことをかなり正当化してやがる。本当に助けたと記憶改竄されてるんじゃねえか？

「へえ。偽物ねえ」

「……何か言いたいようだが……まぁ見てなよ。すぐにわかる」

皇女専用の区画では、さっきまでとは打って変わって身を乗り出して闘技台を見つめるアイリスの姿が。その視線は明らかに俺を捜していた。

と、レーデはアイリスのほうを向くと、軽く手を振ってみせる。

その動作に、誰もが確信を深める。やはりレーデが皇女を救った張本人だと。

——だがしかし、アイリスのほうは予想外といった様子でキョトンとした顔をし、苦笑いを浮かべながら手を振る。

「……なんか温度差ないか？」

「それは僕が救ったと知らないからさ。——まぁ、隠しておく必要もない」

そう言ってレーデはふふっと笑う。

「今日は宣言させてもらうよ」

「勝手にしろよ。言っとくが、恥かくのはお前だぜ？　これは最後の忠告だ」

「負け惜しみを。今日君が目立つことはない。悪いが、アイリス様にカッコ良いところを見せないとなんでね」

「はいはい……忠告はしたぞ」

「ふふ、まぁ見てなよ」

レーデは一歩前に出ると声を張り上げる。

「アイリス皇女！！！」

その声に、アイリスは不思議そうにこちらを覗き込む。ふと俺に目が合い、僅かにハニカム。

「赤い翼からの襲撃事件を覚えていますか!?」

その言葉に、アイリスはハッと目を輝かせる。

観客たちも、何を言い出すのかと固唾を呑んで見守る。

「も、もちろんです！　助けてくださった方の恩は忘れません!!」

その言葉に、レーデはニヤリと笑う。

「実は――アイリス様を救ったのは僕です！」

瞬間会場が一気に盛り上がる。

とうとう宣言したと、一気に奮い立つ。

その反応にレーデも満足そうに笑みを浮かべる。

が、しかし、当の本人であるアイリスは何を言ってるんだ？　とでも言いたげな表情でただ唖然としている。

「唖然とするのも無理はありません、知らなかったのですから！　――ですから今日ここで勝利するのを見ていてください……！」

「あなたが……？」

「現場に雷魔術の痕跡があったはず！　あれは僕の魔術です！　黙っていてすみません……！」

明らかに困惑するアイリス。しかし、周りはそれこそ感動の再会のリアルな反応だと一気にざわめき立つ。

「聞いた!?　やばいやばい!!」

「すごい人きた!!」

「何を言って……」

焦った表情でアイリスは俺のほうを見る。

俺は軽くため息をつき肩をすくめる。

すると、アイリスは偽物が騙っていると悟ったのか、少し怒った様子で肩を怒らせる。

「…………相当強いですよ、彼は。私を救ってくれた彼は」

「ですから勝利して証明してみせます。この勝利をあなたに！」

レーデは完全に酔っていた。この空気に。

そして、アイリスは呆れた様子でため息をつくと、再び俺のほうを見る。

――はいはい、わかってるよ。

ま、元から手を抜く気はねえさ。ここで見せつけるのが俺の目的だ。

「僕の力を見せてあげよう……！　雷の魔術を操る僕のね！　皇女様を救った力さ！　悪いがノア、君の話術のせいか知らないが色んな人から認められて勝たなきゃいけないんだろうが……この勝負、実力どおり勝たせてもらうよ」

「はは、そりゃこっちのセリフだっつうの。俺もそろそろ力を見せるときでよ。――まあなんだ、ただ目立ちたかっただけだろうが……逆に地の底に落として悪いな」

「何を言って――」

「先に謝っとくって話だ。――同じ雷とは奇遇だな。本当にお前なら皇女救出の代役になれたかもな。時期が悪かった。この祭さえなけりゃな」

「負け惜しみかい？」

「いや。悪いが、このブロックは秒で終わる。言葉通りな」

「こっちのセリフさ。僕が今まで力を隠していないと思ったのか!?　この本番で初めて本気を見せる!!　誰にも負けないいんだこの僕は……！」

目をギラギラと輝かせ、レーデは闘争心剥き出しで戦闘態勢に移行する。

そのやる気を、もう少しまともな方向に働かせれば恥なんてかく必要なかったのによ。

「それでは、Hブロック……はじめ！！！」

「いくよ！」

レーデは意気揚々と声を張り上げると、手を俺へ向けてかざす。その顔は余裕の笑みで溢れている。バチバチと魔術の反応が膨れ上がり、眩い光がレーデの顔を照らす。

「僕が、最強の魔術師さ！　――〝サンダー〟！」

放たれた金色の雷が、俺めがけて飛来する。

その光景に、周囲の観客が前のめりに注目するのが目に入る。

確かに、雷魔術を使える魔術師にしてはそこそこできる部類かもしれない。

だが――

「〝スパーク〟」

威力を抑えた紫の閃光が、一気に駆け抜ける。

〝サンダー〟と正面衝突した〝スパーク〟は、その魔術を完璧に粉砕する。

跡形もなく〝サンダー〟はかき消え、霧散する。

「なっ……!?」

完全に予想外だったレーデは、険しい表情を浮かべ身体を仰け反らせる。

「ふ、ふん。何かの間違いか……〝サンダー〟は僕の魔術の中でも中程度の威力を誇る攻撃の要だぞ……。いやいや……僕もこの催しに緊張しているのかな。もう一回だ――……〝サンダー〟！」

「〝スパーク〟」

続いて、〝サンダー〟は跡形もなく消し飛ぶ。

何度やっても同じ結果。数発の〝サンダー〟を放つも、悉く粉砕する。

レーデの顔はものの数秒で絶望に近い色へと変わっていった。

「こんな……な、何かの間違い……」

「間違いなんかねえよ」

「ふざけるな……！　僕の……僕の雷がそんな一撃で消えるはずが……！」

僅かに会場にどよめきが走る。

「甘いんだよ。もう少しお前が強くて俺といい勝負できるんなら俺の強さもわかりやすく証明できたんだが……仕方ねえよな、これぱっかりは。本戦に出ればもう少しマシか」

「な、何を言ってるんだ……。本番はこれからさ……！　今のは少し加減しすぎただけさ、英雄である僕がこの程度なわけないだろう!!」

俺はその必死さを、ハンと鼻で笑う。

「虚勢はカッコ悪いぜ？　もうお前との実力差は見切った」

「黙れ……！　ここでカッコ良いところを見せるんだよ……僕は！」

「はっ、必死なことで。計画丸潰れさせて悪いな。まあでもいいだろ、どうせ全部嘘なんだからよ」

「何を……！　僕がいつ嘘を――」

そこで、レーデの顔が僅かに曇る。

何か思い当たる節があるのか、目を少し泳がせ、ワナワナと震えだす。

「……現場に残った雷魔術の痕跡……ま……さか……お前が……――」

俺はニヤリと笑い、天に手を掲げる。

「一瞬で終わらせれば、少しは俺の実力も知らしめられるか？」

瞬間空高く、頭上に現れた雷の塊。

バチバチと音を立て、激しく荒ぶる。

巨大な稲妻の集合体に、空気が振動する。

「悪いな。もともとはお前を貶めるつもりもなかったんだが。むしろ好都合とさえ思った。だが……犠牲になってくれ。俺が最強と認められるためのな」

俺はパチンと指を鳴らす。

「――――〝サンダーボルト〟」

〝サンダーボルト〟は、入試試験の時にも使った広範囲への無差別攻撃魔術。

その規模は、この闘技台上全員くらい訳はない。

煌々と輝き、バチバチと空気を震わすそれを見て、観客たちはもとより、同じHブロックの面々も驚愕の表情で完全に身体を硬直させている。

見ただけでわかる、格の違い。

「おいおいおいおいおいおいおい……!!　な、何が目的だ!?　金か!?　地位か!?　僕に勝利を譲るならいくらでも――――」

「悪いな、興味ねえ。最強を証明できればそれでいい」

瞬間、激しい稲妻が会場を包み込んだ。

迸る雷撃は、抵抗する他のメンバーの魔術をものともせず、次々と貫いていく。

感電し、身体が痺れ、地面に伏していく。それは、レーデも例外ではない。

「うわぁああああ!!」

レーデによる公の場での公表。

皇女様を救った英雄による、実力を披露する独壇場の舞台。そうなる予定だった。

しかし、蓋を開けてみれば。

観客にとっては見たことも聞いたこともない生徒により、残りのメンバーは全員地に伏せていた。しかも、ほんの一瞬で。

衝撃の展開に、完全に会場が沈黙を保っていた。

誰一人、この状況を飲み込めないでいた。

「うそ……一撃で……？」

「何が……」

「あのレーデって子もやられちゃったけど!?」

「本当に皇女様を救ったのかあいつは……？」

誰かが口を開いた瞬間、さまざまな声が同時に上がる。どれも、レーデの正体を怪しむ声や、俺の力を測りあぐねるようなそんなふわっとしたものだった。

「くそ……僕……の……！」

レーデは苦しそうに呻きながら地面で何かを発している。

しかし、その直後。

一人の少女の声が一瞬にして全てを持っていった。

「さすが私のノア!! 予選からやってくれると思ってたわよ!! ――ふん、いい気味よ、私を助けられるのは強い人だけなんだから！」

その言葉に、ざわざわしていた会場は一気に弾ける。

レーデは、痺れる体を震わせなんとかアイリスのほうを向く。

「ア、アイリス様……」

「何が救ったのは僕ですよ！ そもそも誰よあなた、私知らないし！」

「なっ……」

「私は……私は、ノアを応援しに来たんだからあああ!!」

すると、アイリスの横のエルは非常に焦った様子でアイリスを押さえつける。

「アイリス様、それ以上は!!」

「ちょ、まだ言いたいことが――」

アイリスは口を押さえられながらもがもがと暴れる。

「ノア様に迷惑かけてはダメですよ！」

「でも――」

「おい、今なんて……」

「じゃあレーデじゃなくて、本当はあそこの……」

一斉に、視線が俺に向く。

……はあ。なんでこうなる。

アイリスが黙ってりゃただ俺のほうが強かったというだけで終わったのによ。

俺は軽く目を瞑りやれやれと肩をすくめる。

全員が俺に注目する。

何かアイリスに言うのではないか、何かあるのではないかと。

俺はゆっくりとアイリスのほうを見ると、覚悟を決める。

そうだな、面倒ごとは避けたいと思って色々隠すつもりで来たが……。

アイリスを助けたのも全て俺の実力か。

俺はじっとこちらに熱いまなざしを向けるアイリスのほうを向く。

今更隠してもどうしようもないほど、周りは騒がしくなっている。やってくれたぜ、アイリスもレーデも。

俺は拳を握るとアイリスのほうへと向ける。

「まあ、せっかく来たんだ。しっかり俺の実力見ていけよ、アイリス」

「――うん！」

「アイリス様……はぁ……もう仕方ないですね」

アイリスはにっこりと笑いエルにVサインを見せる。

「へへ、ノアも認めてくれたし、結果オーライでしょ！」

「そうですが……」

楽しそうに話している二人とは対照的に、会場は唖然とした空気でその様子を見つめていた。

無惨に闘技台上で倒れた、救世主だったはずのレーデ・ヴァルド。

意気揚々と躍り出て、これでもかと期待を煽っておいてのこの醜態に、会場は微妙な空気が流れていた。

さっきまでの勇姿と威厳はどこへやら、今は誰かも知らないとアイリスに突き離され、体から煙を出しながら悔しそうな顔を残し倒れている。その様子を見て、さすがに観客たちも察したのか、一斉に声が上がる。

「つえええ!!　さすがアイリス様を助けた本物!!」

「今の……雷魔術!?　見たことないぞあんな威力……本当に学生か!?」

「あいつがアイリス様を……」

「なんだそこに倒れてる雑魚は……偽物だったのか？」

「失望したわ……」

「バレないと思ってた頭がおめでたいぜ」

俺への、純粋に凄い奴が現れたという感情と、レーデに対する騙されたという感情が、三七くらいで交錯する。

「ガッはっはっはっ!!　さすがノア！　俺様が認めた男！　今更、偉業の一つや二つ驚くことじゃない」

まるで自分の弟子か何かのように、保護者面で笑うドマ。その言葉に、より俺への期待値が高まる。

「本物の英雄！　このまま優勝しちまえ！」

「お前ならできるぜ！」

「かっこいいー！　こっち見てー！」

一般客からの歓声に、俺は困惑する。

こうも手のひら返しが来るか。……そりゃそうか、アイリスの人気はすげえものがあるし、それを助けた本当の人物が判明して、しかも圧勝と来た。ボルテージは最高潮か。

やれやれ……まぁ、これも俺の選択の結果か。

まあ結果オーライではある。俺の実力を示すためだった祭りだ、ここでバレたのはある意味追い風かもな。もう変なところで余計に目立つのは避けたいなんて贅沢なことは言ってられねえ。この先こんなことはいくらでもある。なんてったって、おれはシェーラの課題を達成するんだからな。

「レーデ……」

「なんでそんなバレる嘘を……」

「嘘だよな……本当はお前なんだろ!?」

レーデをここ数日祭り上げていた取り巻きたちが、また一人、一人と去っていく。

レーデの言い訳を待つ者、真偽などどうでも良く負けたという事実に幻滅した者、まだ信じたいと願っている者様々だ。

しかし、地面に伏し、とっくに気絶したレーデの言葉が聞けることはない。

ここで気絶してられたのはある意味ラッキーだったな。目覚めてからが大変だろうが。まあ、何か理由があったんだろうが、俺には関係ない話だ。悪いとは思ってるぜ、俺が最初から名乗り出てりゃ良かったんだからな。まあ、数日間いい思いできて良かっただろ。

俺は歓声の中会場を後にする。

何かが変わる、そんな気がした。

◇　◇　◇

「何者だあの小僧？　学生のレベルじゃねえぞ」

「へえ、雷魔術……引っ掛かるね」

「早くて正確……俺たちでも戦えるかどうか――」

「〝赤い翼〟をやっただけはあるか」

会場に散らばる魔術を生業とする者たちが、密かにノアに対しての評価を下す。

そのどれもが、新星の登場に驚きを隠せないでいた。

「ふうん……あの子がアイリス様を救った魔術師ね」

「そのようです」

サングラスをかけ、ゴージャスな洋服に身を包んだ女性が去り行くノアの背中を見つめながら呟く。

「これから忙しくなるわね。記事は早く仕上げなさい。このビッグニュース、どこよりも早く広めるわよ」

「はい！」

そして、その女性から少し離れた所。

黒く長い髪をした、ミステリアスな雰囲気を放つ男がフードを外しちらとノアを見る。

「新世代か。――あの魔術は……ふっ、大人げない男だ。――〝ヴァン〟」

「え？」

男の隣に立つ女性が声を上げる。

「……何でもない。帰るぞ」

「え、でも他の生徒たちは――」

「興味ない。――ノア・アクライトを見られただけで十分さ」

男はマントを翻すと、会場を後にする。

魔術界の重鎮、六賢者の一人「クラフト・ローマン」。三十六歳の若さで六賢者に選出された天才魔術師。この場に来たのは、ただの気まぐれか、それとも……。

この場にいる誰もが、ノアに注目していた。

もちろん、ただその場の流れで盛り上がっている奴が大半だが、中には今の一瞬で、ノアの実力を見切った者たちも少なからずいた。

それは、試合前ノアに声を掛けたあの女も――。

「ノア・アクライト……」

ヴィオラは驚愕していた。

思っていた以上の器……！　魔術の才能は申し分ない。あのシェーラが手放しでほめるのも無理はない、そう思わせるだけのポテンシャルを秘めていた。

あの雷魔術一撃で、全てを持っていった。

ヴィオラはゆっくりと口角を上げる。

「シェーラ……。ふふ、面白くなりそうね」

◇　◇　◇

「ノア君!!」

席に戻ると、周りからの視線が強く感じられる。さっきのアイリスとのやり取りが余程効いているようだ。

ニーナはニッコニコの顔で俺のもとに駆け寄る。

「やっぱり私の言った通りだったね！　絶対ノア君だと思ってたよ！」

そう言い、ニーナは自信満々に誇らしげな表情を浮かべる。

「はは、まあ、さすがだよ。あの日ニーナも一緒にいたしな」

「ふふ、でもまさか本当にあのアイリス様を……犯罪組織を壊滅なんて……凄いなあ。わかってはいたけど、実際本当だとわかったら凄すぎて何が何だか」

「凄いなあ……じゃねえよ！　そんなことより、何アイリス様といいちゃついてんだ!!」

と、アーサーが勢いよく割って入る。

「おお、アーサーもう体はいいのか？」

「ん？　あぁ。さすがレグラスの回復術師だな、この通りピンピンしてるぜ」

そう言ってアーサーはニカっと笑みを浮かべる。

ただ単にこいつが頑丈なだけな気もするが。普通の人間ならこうはすぐに動けないだろう。

「じゃなくてだな、何をアイリス様といいちゃいちゃと……羨ましい……！」

「どこがだよ」

「どこがだよ、じゃねえ！　見りゃわかるだろ、アイリス様もお前を応援しに来たみたいだし……ああくそ!!　ずるいぞ!!」

「ずるいってなあ……」

「くそお……」

アーサーはいじけてぷいとそっぽを向く。

「ふふふ、私もやっぱりあなただと睨んでたわよ～」

と、不意に現れたのはフレン先輩だ。

周囲が俺に注目の視線を集めて一歩引いている中で、ニコニコとした笑顔を浮かべながら近づいてきた。

「否定してたのにあっさり認めるなんて、やっぱりアイリス様のせい？」

「いや、別に俺の意思っすよ。隠す必要もともとなかったっすからね」

「ふーん……そういうことにしておいてあげる。今回は私の勝ちね」

そう言ってフレンはぎゅっと抱き着こうとしてくるのを、俺は慣れた手つきでいなす。

「さすがの情報網っすね。言われたときは驚きましたよ」

「ふふ、何でも知ってる謎の美人お姉さんで通ってるからね。……で、気付いてる？」

「え？」

「あなたの評価、今一気にうなぎ上り、絶賛大注目。これから忙しくなるかもよ～」

「……覚悟の上ですよ」

覚悟は決めた。どうせ強さを見せていれば遅かれ早かれこうなってたんだ。逆にレーデに感謝だな。

「私が上手く匿ってあげてもいいわよ？」

とフレン。ウィンクをし、俺を誘惑するように口角を上げる。

「……やめときます。後が怖いんで」

「あら、残念。まあ、また詳しく聞かせてね」

そう言ってフレンはその場を後にした。

「あんたが……〝赤い翼〟を……」

クラリスは悔しがるようにギリギリと歯ぎしりをする。

「どうした？」

「また抜け駆け!!　私だって……その場にいればできたわよ！」

「はは、キマイラの時と一緒だな。ま、お前ならできたかもな」

「く……！　その余裕そうな顔……！　運よ、運！　……いい、明日の本戦が本番なんだから！　絶対私と当たるまで負けるんじゃないわよ！」

「はは、こっちのセリフだよ。俺はこのまま優勝するぜ？」

「言ってなさい」

そうこうしているうちに、本日の予選が終了したことを告げるアナウンスが流れる。

俺はアイリス様を助けた英雄として完璧に認識されて、終了すると同時に一気に人だかりができる。

みな、アイリス様が大好きで、助けた張本人が気になるのだ。しかも、偽物を打ち破っての登場。皆興奮していた。

しかし、ハルカ率いる自警団の連中が警護してくれ、俺たちは無事寮へと戻っていった。こういう時は頼もしいな。

そしてその夜の号外で、あっという間に俺の行ったアイリス救出の報は国全体に広まることとなった。

明日にはとうとう、本戦が始まる。いよいよ新入生での一番が決まるのだ。もちろん、俺以外有り得ねえけどな。

エピローグ

「目が覚めたかい？」

「…………あれ、僕は……」

レグラス魔術学院、医務室。

ここには常時回復術師が滞在しているが、何か特別な催しがあるときに限り、より優秀な回復術師が派遣される。その名前が高名であればあるほど、そのイベントに対する信頼と盛り上がりが約束される。

レーデは近くの椅子に座る紺色の髪を綺麗に結った女性を見て、瞬時にその人が、かのエリファス・オーゼンバインだと認識した。

「エリファスさん……？」

エリファス・オーゼンバイン。国でも五本の指に入るほどの力を持つ回復術師だ。お金で動くことで有名で、例年歓迎祭に呼ばれている。

その力は折り紙つきで、嘘か誠か、身体から完全に離れた腕を完璧に繋ぎなおしたことがあるとも言われている。それだけの魔術師が回復術師として待機しているのなら、いくら暴れても良いド派手な大会となる。

「おう、大丈夫そうじゃないかい。まあ、あのビリビリ君が手心を加えてくれたんだろう。絶妙だよ。君はただ感電して気絶しただけ。私が施す処置と言えばただ見てるだけさ。さっき運ばれてきた長髪の少年のほうがよっぽどだったね。まあ、彼の場合自然治癒力でさっさと回復して戻っていったけど」

そう言い、エリファスはニヤリと口角を上げる。

暗にレーデがこの程度で眠りこけていたことに対して皮肉っているのだ。

「…………」

すると、黙るレーデのもとに複数人の生徒たちが集まってくる。

なだれ込むように、恐らく代表してきたであろう数人が次々と医務室に入ってくる。

「……おい、レーデ」

「君たち――」

「騙してたのか？」

「え？」

「俺たちを騙してたのかって聞いてんだよ！」

先頭に立つ長身の男が、怒りに震えながら声を荒げる。

それもそのはずだ。

自らアイリス皇女を救ったと吹聴し、多くの取り巻きを得ていた。その言動に、誰もが騙されていた。

「……すまない」

「信じられない……」

「最低のクズだよ、あんたは」

「…………」

レーデは項垂れる。

アイリス皇女は事件の真相を知らないとしらを切っていた。レーデはそこに目を付けた。

今なら自分も英雄になれるのではないかと。悪魔の誘惑。しかし、背中を押す声があった。

――レーデはその一歩を踏み出した。

そしてその作戦は半ば成功したと言えた。レーデの学院内での成績は比較的優秀で、器用に何でもこなすことで知られていた。突出していたわけではないが、万が一があればレーデならできるかもしれない。そう思わせるだけの雰囲気は持ち合わせていた。

だからこそ、多くの人間が騙された。

皆がレーデを慕い、その謙虚さに惚れ惚れし、堂々とした振る舞いに敬意を抱いていた。

だが今、そのメッキは完全に剥がれた。

レーデを罵る声が医務室に響き渡る。呆れた声が漏れ、ため息が木霊する。

いずれこうなることは薄々わかっていたのに、引き返さなかった。

〝本物〟にコテンパンにやられた。ノアの性格からしてこの状況を考えてのことではなかったのだろうが、この上なく完璧で、最も効果的なタイミングでレーデの嘘は露呈した。こうなれば言い逃れることはできない。

皇女に拒絶され、本物に瞬殺され、これ以上のない醜態だ。

レーデは、さっきから飛び交う仲間だと思っていた人物たちからの罵倒が、遠い世界のように感じていた。そこにあるのは虚無感、そして後悔だけだった。

(なんでこんなことになった……)

レーデは深く頭を擡げる。

野心はないとは言い切れなかった。

この学院で偉業を成し、男爵でもやれると証明するつもりだった。ヴァルド家は、アーサーの家同様落ちた名家だった。

しかし、周りにはより優秀で、より化け物じみた魔術師たちがウヨウヨといた。

努力、焦り、逃避――。

徐々に削られていく野心とプライドに、自己を失いそうになったとき、レーデは一人の女性に出会った。

黒髪で妖艶な姿をしたその女性に、レーデは完全に魅了された。

濡れたような瞳、絹のようにサラサラとした髪、頭を惑わす色香。正常な思考が奪われていく。

「レーデ君。君、英雄になってみない?」

「えっ……?」

悪魔の囁き。

知っていた。今、この国には英雄の席に一つ空きがある。しかも、その順番待ちの券はこの学院――レグラス魔術学院の全生徒が握っていた。

「現場には雷魔術の痕跡が残っていたそうよ。……まるで貴方みたいね」

「まるで僕……」

英雄の顔を見ていないアイリス皇女、同じ雷魔術、そして名乗りでない本物。

条件は整っていた。

「それがあなたの本当の望みでしょう？」

しなやかな指が、レーデの顎の下を這う。

ビリビリと痺れるような感覚に、脳が麻痺する。本物に……ホンモノに……。

「僕が……」

「君がよ。聖天信仰の神々が見守っているわ。このチャンス……ものにできるかしら？」

女性は言う。

「君が英雄。名家の名を取り戻すのでしょう？　本物は名乗り出てこないわ。――あなたが本物になるの」

心の隙間に染みわたるように、女の声はレーデの心を絡めとっていく。

気付いた時には、レーデの心はそうあるべきだと方向性を決めていた。

自分が英雄になるのだと。このチャンスを絶対に物にするのだと。

こうして、レーデ・ヴァルドは、〝ヴィオラ・エバンス〟という一人の魔女の手により、仮初の英雄として進む道を選んだ。その結果は——

「なんで僕は……こんなことに……」

洗脳が解けたかのように、心の奥底から汗の如く弱音が漏れる。

本当にこんなつもりではなかった。一体どこで間違ったのか。レーデにその認識はない。

罵倒を投げかけている生徒たちも、これには更に強い言葉を投げるだろうと、レーデは身構える。が、しかし、意外にも何も答えは返ってこない。

不思議に思い辺りを見回すと、このわずかな間でもぬけの殻となっていた。レーデに罵詈雑言を浴びせていた騙されていた生徒たちも、回復術師の先生も、皆消えていた。

「えっ……」

「レーデ・ヴァルド」

コンコンと医務室の壁をノックする音が入口から聞こえ、レーデの名を呼ぶ声がする。あの時と同じ、妖艶で色香の付いた声が。

そこに現れたのは、黒髪の魔女——ヴィオラ・エバンスだ。

「ヴィオラさん……」

「ふふ、惨めね」

その言葉に、レーデはグッと身体に力を入れてヴィオラのほうに身体を向ける。

まだ痺れている身体が悲鳴を上げるが、今は関係ない。

「あなたが……!!　あなたが僕をたぶらかして!!」

「あら、自分でたぶらかされたなんて言っちゃうなんて、とことん落ちたわね」

「ふざけるな!!　いつもの……普段の僕ならこんな……こんなこと!!」

ヴィオラはゆっくりと近づくと、レーデの横たわるベッドに腰を下ろす。

ゆっくりと手を動かし、レーデの前髪を払い頬を撫でる。

「哀れな子、レーデ。結局使い物にならなかったわね。チャンスをものにできない出来損ない」

「何を……！」

「人の名誉を横からかすめ取ろうなんていう大胆な行動。バレないとでも思った？　頭がお花畑ね」

「お前が言うな！」

力なく、レーデの腕が空を切る。

「ふふ。――でも、ノア・アクライトの力は見られた。あなたの役目は果たされたわ、ご苦労様」

「は……はぁ……？　ノア……アクライト……？」

レーデの視界が歪む。

思ってもいない名前が出たことに、レーデは困惑する。

「シェーラの秘蔵っ子……。あれは凄いわ。一体何を考えているのかしら」

ヴィオラの顔が僅かに緩む。

「わ、訳のわからないことを言うな……！　あいつは関係ないだろう！　そもそも、英雄にならないかと誘ったのはあなたで――」

ヴィオラ・エバンス。聖天信仰、執行者筆頭魔術師。

そして――魔女の密会〝円卓の魔女〟の一柱。シェーラ・アクライトと所属を同じくする、黒髪の魔女。

レーデ・ヴァルドは、厄介な相手に目を付けられてしまったのだ。

「さあ、忘れて頂戴。私のことは」

「忘れられるわけないだろ！　ふざけるのもいい加減にしろ！」

レーデの泣き声にも聞こえる叫び声が響く。

「誰の……誰のせいでこうなったと――」

「いいえ、忘れるわ。完璧にね」

そう言い、ヴィオラはレーデの額に手をかざすと、スラスラと呪文を唱える。

ボウっと魔術の反応が走る。

次の瞬間、レーデは白目をむくようにして気を失うと、ばたりとベッドに倒れこむ。

「さようなら、偽物さん。またどこかで会いましょう。その時は初めましてね」

そう言い残し、ヴィオラは医務室を後にした。

《了》

あとがき

この本を手に取って頂いた皆様。お久しぶりです、五月蒼と申します。

ここを読んでいるということは知っていると思いますが二巻、出ました！　パチパチパチパチ！

感無量です。

続きが出せるというのは幸せなことですね、僕も、ノアたちにとっても。

二巻は一巻同様、色々ウェブの方から修正していたりします。表現やセリフなど細かなところですが、ウェブと対比してみても面白いかもしれません。ウェブ未読の方もウェブで読んでくれている方も楽しんで頂けるかと思います。

また、コミカライズの方も始まり、マンガからライトノベルに手を伸ばしてくれたという方も居るかもしれません。是非、原作の方も楽しんで頂けると嬉しいです。

二巻でも、ノアは絶好調です。ニーナと王都を観光したり、絶世の美少女と呼ばれる程の美貌を持つ皇女様を、ひょんなことからその圧倒的力で救ったり、しまいには好かれちゃったり。そして、新入生の一番を決める「歓迎祭編」もまだ序盤ですが始まり、最後には一巻にも出てきたあの魔女が、何やら怪しげなことをしていたり……。「歓迎祭」も含めいよいよこれから！　と言う勢いに乗った所で二巻は幕を閉じます。ぜひぜひ続きを楽しみにお待ち頂ければと思います。

二巻に当たっても、ブレイブ文庫編集部の皆様や担当編集様、校正様にデザイナー様。最高のイラストを描いて下さったマニャ子先生。本当にありがとうございます。

そしてすべての読者にこの場で感謝を。

是非この世界でのノアの活躍を今後も一緒に見守ってください！

また次のあとがきでお会いしましょう。

五月蒼

BRAVENOVEL
ブレイブ文庫

雷帝と呼ばれた最強冒険者、魔術学院に入学して一切の遠慮なく無双する2

2021年7月26日　初版第一刷発行

著　者　　五月蒼

発行人　　長谷川　洋

発行・発売　　株式会社一二三書房
〒101-0003 東京都千代田区一ツ橋2-4-3
光文恒産ビル
03-3265-1881

印刷所　　中央精版印刷株式会社

■本書は小説投稿サイト「小説家になろう」（http：//syosetu.com/）に掲載された作品を加筆修正し書籍化したものです。

ISBN 978-4-89199-727-4